明石八景

風景の詩学

白方佳果
中村健史
三原尚子 編

いずみブックレット9

和泉書院

題　字　濵田　尚川
表紙写真　矢嶋　巌
「淡路　島影淡く」

目次

一、明石八景を読む

中村 健史

1　国々の八景

芭蕉の句から

芭蕉にこんな句があります。

国々の八景さらに気比《けひ》の月

「あちこちで八景を見物してきたが、気比《けひ》ではもっと美しい月に出会った」という意味でしょうか。『奥の細道』の旅で敦賀《つるが》に寄ったときの作だそうです。

「国々の八景」というのがおもしろいですね。近江八景《おうみはっけい》だとか、金沢八景だとか、ご当地の見どころを一覧にしたものが日本中にありますが、まるで「気比の月は、たったひとつでそれらと釣りあうくらいきれいだ」と褒めているようで、ちょっとほほえましい。よほど気に入ったのでしょう。

芭蕉が生きていたころ「国々の八景」はひとつの流行になっていました。延宝八年（一六八〇）には諸方の八景を集めた『扶桑名勝詩集《ふそうめいしょうししゅう》』という本が刊行されたくらいで（なかには欲張って十景、十二景と数を増やしたやつもあります）、北は奥州　松島《おうしゅうまつしま》から南は肥前島原《ひぜんしまばら》までとにかく賑やかなことこのうえない。

どこに行っても八景、八景で、芭蕉はいささか食傷気味だったのかもしれません。だからこそ衆を恃《たの》まずひとり静かに照らす気比の月が、新鮮に感じられたのではないでしょうか。時流に背を向け、ひっそりと旅人を待ちつづける山河もあれば、八つひとまとめになって持てはやされる名所もある。世の中じつにさまざまです。

「国々の八景」がはやった背景にはさまざまな事情が考えられます。ときは天下太平。文運日々に栄え、風雅の世界に遊ぶ環境がしだいに整いつつある時期でした。暮らしが豊かになって、ひろい階層に学問が行きわたったことも無視できません。また、各地の大名にとっては自領の権威づけという側面もあった。藩主の命によって八景を選んだという例がけっこうあります。

さらに言えば、当時、人々はようやく「自分が今いる場所」に関心を抱きはじめていたのではないでしょうか。たとえば『扶桑名勝詩集』をめぐってゆくと、讃州《さんしゅう》亀山《かめやま》八景《はっけい》（香川県）というのが出てくる。高松藩主であった徳川頼重《よりしげ》が和歌を、家臣の岡部《おかべ》拙斎《せっさい》が漢詩を詠んでいますが、じつはこの二人、もともと香川とは縁もゆかりもありません。頼重は有名な水《み》戸《と》光圀《みつくに》のお兄さん。分家して高松藩を興《おこ》した人で、拙斎はそれにくっついて転勤してきた儒者です。つまり彼らは「香川で暮らすからには、香川の風景をうたおう」と考えたらしい。

自分が今、住んでいる場所はなかなかいいところだ。江戸や京のような都会ではないし、近江みたいに古くからの歌枕でもないけれど、きれいな景色ならたくさんある。ここにも「八景」があっていいんじゃないか――。芭蕉の時代には、そんなふうに思う人たちがいた。

社会が成熟して、地域に目を向ける余裕が生まれてきたのです。あるいは身近にあるものに美を感じ、文学の対象とすることがやっと可能になったと言うこともできるでしょう。『扶桑名勝詩集』のころ、人々の意識は明らかに変わりはじめていました。

瀟湘八景にならって

むろん、自分が暮らしている土地に親しみを感じたり興味を持ったりするのは、いつの世も変わらぬ人情の自然です。けれども、現代人は郷土愛を表現するのにわざわざ風景美のリストを作ったりしない。「国々の八景」がもてはやされたのには相応の事情がありました。

そもそも「名所を八つ選んでひとまとめにする」という鑑賞の方法は、中国の瀟湘《しょうしょう》八景《はっけい》を起源とするものです。瀟湘は今でいう湖南省零陵《れいりょう》のあたり。二つの川が合流して洞庭湖《どうていこ》にそそぐ幽邃《ゆうすい》の地で、はやくも十一世紀の後半には八景図がつくられていたとか。日本には鎌倉時代のなかごろ伝来し、漢詩や和歌、水墨画などを通じてひろく普及しました。

戦国時代の宣教師が編纂《へんさん》した『日葡辞書《にっぽじしょ》』には「Facqei（八景）」という項目があって、瀟湘八景がひとつずつ解説されています。日本で布教をしようとすれば、たとえ切支丹伴天連《きりしたんばてれん》の徒であろうとその程度の知識は必要だったらしい。江戸前期の流行はこうした下地があってのことで、何もないところから突然生まれてきたわけではありません。

話のついでですから、瀟湘八景を紹介しておきましょう。

瀟湘　夜雨《しょうしょうのやう》　瀟湘の夜の雨
洞庭　秋月《どうていのしゅうげつ》　洞庭湖の秋の月
煙寺晩鐘《えんじのばんしょう》　靄《もや》のかかった寺の晩鐘
遠浦帰《えんぽのき》帆《はん》　遠くの浦に帰ってゆく舟
山市晴嵐《さんしのせいらん》　山中の市の嵐気《らんき》
漁村　夕照《ぎょそんのせきしょう》　漁村の夕陽
江天暮雪《こうてんのぼせつ》　入江の空に降る夕暮れの雪
平沙落雁《へいさのらくがん》　砂浜に下りたつ雁《かり》

読めば分かるとおり、八景といっても単なる地名の羅列ではありません。たとえば「瀟湘夜雨」の四字は、風景（瀟湘）とそれを味わうのにもっともよい添えもの（夜雨）をあらわします。トンカツといえばキャベツ、お汁粉《しるこ》には塩昆布《しおこぶ》といった具合に「名所を鑑賞するのにいちばん適切な組みあわせ」があらかじめ決まっている。

日本でご当地八景を作るときにもこの形式が踏襲《とうしゅう》されました。たとえば近江八景なら「唐崎夜雨《からさきのやう》」「石山《いしやまの》 秋月《しゅうげつ》」「三井晩鐘《みいのばんしょう》」「矢橋帰帆《やばせのきはん》」というふうに下半分は瀟湘八景を流用しています。「箱根白雲《はこねのはくうん》」「永橋《ながはしの》 春潮《しゅんちょう》」「湯原竹林《ゆはらのちくりん》」みたいに付けあわせまで新しくすることもありましたが、「地名を並べただけでは八景にならない」という意識は共有されていたのです。

うたわれる風景

瀟湘八景にはもうひとつ「絵や詩がくっついている」という特徴があります。

どれほど素晴らしい名所であっても、漢字四文字ですべてを表現するのは容易ではありません。「山市晴嵐」と言われても、多くの人は想像すらつかないでしょう。そこで風景をくわしく説明し、描写するために、絵や詩を添える。

絵画では国宝に指定された牧谿《もっけい》の瀟湘八景図（畠山記念館蔵「煙寺晩鐘図」、根津美術館「漁村夕照図」）が有名ですが、ほかにも数えきれないほどたくさんあって、江戸時代には挿絵入りの本まで出版されました。ご当地八景についても事情は同じで、たとえば『紀伊国和歌浦八景画巻《きいのくにわかのうらはっけいがかん》』という絵巻物（和歌山県立博物館蔵）や『長崎八景』の浮世絵（磯野文斎《いそのぶんさい》）が残されています。

一方、詩のほうはというと、玉澗《ぎょくかん》作『瀟湘八景図』（国宝）の余白に書きこまれたものがひろく流布したようです。要するに画讃《がさん》ですね。一首だけ、見本がわりに「山市晴嵐」を引用しておきます。

雨拖雲脚斂長沙　雨雲脚《うんきやく》を拖《ひ》きて長沙《ちやうさ》を斂《をさ》め、
隱隱殘虹帶晩霞　隠々たる残虹晩霞《ざんこうばんか》を帯《お》ぶ。
最好市橋官柳外　最も好《よ》し市《し》橋官《けうくわんりう》　柳の外、
酒旗搖曳客思家　酒旗《しゆき》揺曳《えうえい》す客思《かくし》の家。

雨は雲を引きつれて長沙（地名）のあたりを覆い、山は晴れて、かすれかかった虹が夕焼けをまとう。市の立つ橋のたもと、柳並木のはずれには酒屋の旗が風にたなびいている。旅の憂えを忘れるのにはこの店がいちばんだ。

「嵐」は山に立ちこめる気のこと。日本語の「あらし」とは別物です。日の沈むころ、それが「晩霞」（夕焼け）に変わる。市にやってきた旅商人たちも、さびしさのあまり一杯ひっかけにゆく時刻だ、というわけです。なるほど、雨上がりの雑踏にまぎれ郷愁にふける男のすがたが自然と浮かんでくるではありませんか。「山市晴嵐」だけでは分からないことがたくさん説明してあります。

おそらくこれが一つの型になったのでしょう。各地の八景には必ずといっていいほど漢詩や和歌、発句《ほつく》が添えてあります。『扶桑名勝詩集』にも相当な数が収められていて、地理か観光案内の本だと思ったら大間違い。まさに「詩集」としか呼びようのない書物です。

先ほど言ったとおり、瀟湘八景は単に地名を羅列するだけでなく、付けあわせまで示すところに特徴がありました。「山市」ならば「晴嵐」のときがもっとも魅力的だというふうに、景色を敷衍《ふえん》し、細かく描写するための手がかりが与えられている。とすれば、さらに連想をひろげて七言絶句《しちごんぜっく》が一首生まれたとしても不思議ではありません。八景を選ぶことは風景を文学化するいとなみでもあったのです。

こんなふうに考えると、気比の月をうたった芭蕉の思いがちょっぴり分かってくる気がします。旅の俳諧師《はいかいし》は「お前もどこかの八景に入っていれば詩や歌を作ってもらえたのに、何もなくてかわいそうだね。よしよし、ひとつわたしが発句に詠んでやろう」と言いたかったのではないでしょうか。

明石八景の誕生

江戸時代の人々にとって、瀟湘八景はひとつの規範であり、定型でもありました。だからこそ彼らはその方法を真似て、土地に対する愛をあらわそうとしたのです。

おかげで日本中に何とか八景が生まれました。明石にも明石八景があります。藩主松平 信之《まつだいらのぶゆき》が選定し、林鵞峰《はやしがほう》という高名な儒者が詩を作って、堂々と『扶桑名勝詩集』に掲げられている。今ではほとんど知る人もいませんが、一読の価値はじゅうぶんにあります。

仙蹤 朝霧《せんしょうのちょうむ》
大倉暮雨《おおくらのぼう》
藤江風帆《ふじえのふうはん》
清水夕陽《しみずのせきよう》
印南鹿鳴《いなみのろくめい》
尾上鯨音《おのえのげいおん》

絵島晴雪《えじまのせいせつ》
赤石浦月《あかしのうらのつき》

「仙蹤朝霧」は柿本神社《かきのもとじんじゃ》の朝霧（明石市人丸町《ひとまるちょう》）。「大倉暮雨」は大蔵谷《おおくらだに》の夜雨（同大蔵谷）。「藤江風帆」は藤江《ふじえ》の沖をゆく帆掛け舟（同藤江）。以上はいずれも明石市内の地名です。「清水夕陽」は野中《のなか》の清水《しみず》を照らす夕日（神戸市西区岩岡町）。「印南鹿鳴」は印南野《いなみの》の鹿の鳴声（同神出《かんで》）。「尾上鯨音」は尾上《おのえ》の鐘の音（加古川市尾上町）。「絵島晴雪」は晴れあがった日の絵島《えじま》の雪（淡路市岩屋）。そして「赤石浦月」。

地名はまた後で説明するとして、「付けあわせ」について簡単に触れておくと、基本的には瀟湘八景に倣《なら》いつつ多少の変更が加えられています。「暮雨」と「夜雨」、「風帆」と「帰帆」のようによく似たものもあれば、「朝霧」みたいに新しく追加されたものもある。

全体の構成にも工夫が感じられます。たとえば「朝霧」と「暮雨」はきれいな対《つい》になっている。「鯨音」は鐘の音をあらわしますが、字面《じづら》が「鹿鳴」と揃っていておもしろい。「晴雪」と「浦月」は白く輝くところが共通します。

「仙蹤朝霧」からはじまって「赤石浦月」で終わるのも意図があるのでしょう。「仙蹤」は柿本人麻呂をまつった柿本神社のこと。つまり、冒頭に格調高く『万葉集』の歌聖を据《す》え、最後は明石全体を見渡しながら締めくくろうというのです。霧も月も秋の季語ですから、一巡りしてもとにもどる趣向で、なかなか凝ったつくりになっていますね。

しかしそれではこの明石八景、いったいどんないきさつで生まれてきたのでしょうか。

2　明石八景

林鵞峰と明石八景

『扶桑名勝詩集《ふそうめいしょうししゅう》』は延宝八年十二月（一六八〇）、京都の吉田四郎右衛門《よしだしろうえもん》という本屋さんが編集、刊行したもの。巻上に明石八景が載っています（ちなみに「赤石」とあるのは明石の古い表記）。

赤石八景詩　幷序《あはせてじょ》（序文、七言絶句八首）　弘文院林学士（林鵞峰）
同八景（七言絶句八首）　林　春常（鳳岡）
同八景（七言絶句八首）　人見友元（竹洞）
跋赤石八景詩巻後《あかしはつけいしかんののちにばつす》（跋文）　柳谷散人（野間三竹）

このうち特に注目すべきは、「弘文院《こうぶんいん》林学士」こと林鵞峰《がほう》（一六一八—八〇年）です。彼は有名な林羅山《らざん》の三男で、父の跡を継ぎ、儒官として徳川家綱につかえました。後ろに見える春常《はるつね》（鳳岡《ほうこう》）は息子ですし、人見竹洞《ひとみちくどう》、野間三竹《のまさんちく》は弟子筋にあたる学者ですから、中心的な立場にあったのは「林学士」と考えてほぼ間違いないでしょう。

鵞峰は元和四年、京に生まれました。父にしたがって和漢の学を修め、二十歳ごろから幕府に出仕。外交、司法、文教などの実務にたずさわる一方で、講義や著述を通して朱子学の普及につとめています。寛文四年（一六六四）には歴史書『本朝通鑑《ほんちょうつがん》』の編纂を命じられるなど、江戸前期を代表する知識人でした。

林家では羅山以来、私塾を開き、全国から門弟を集めていました。のちにこれが幕府の学問所に格上げされ、昌《しょう》

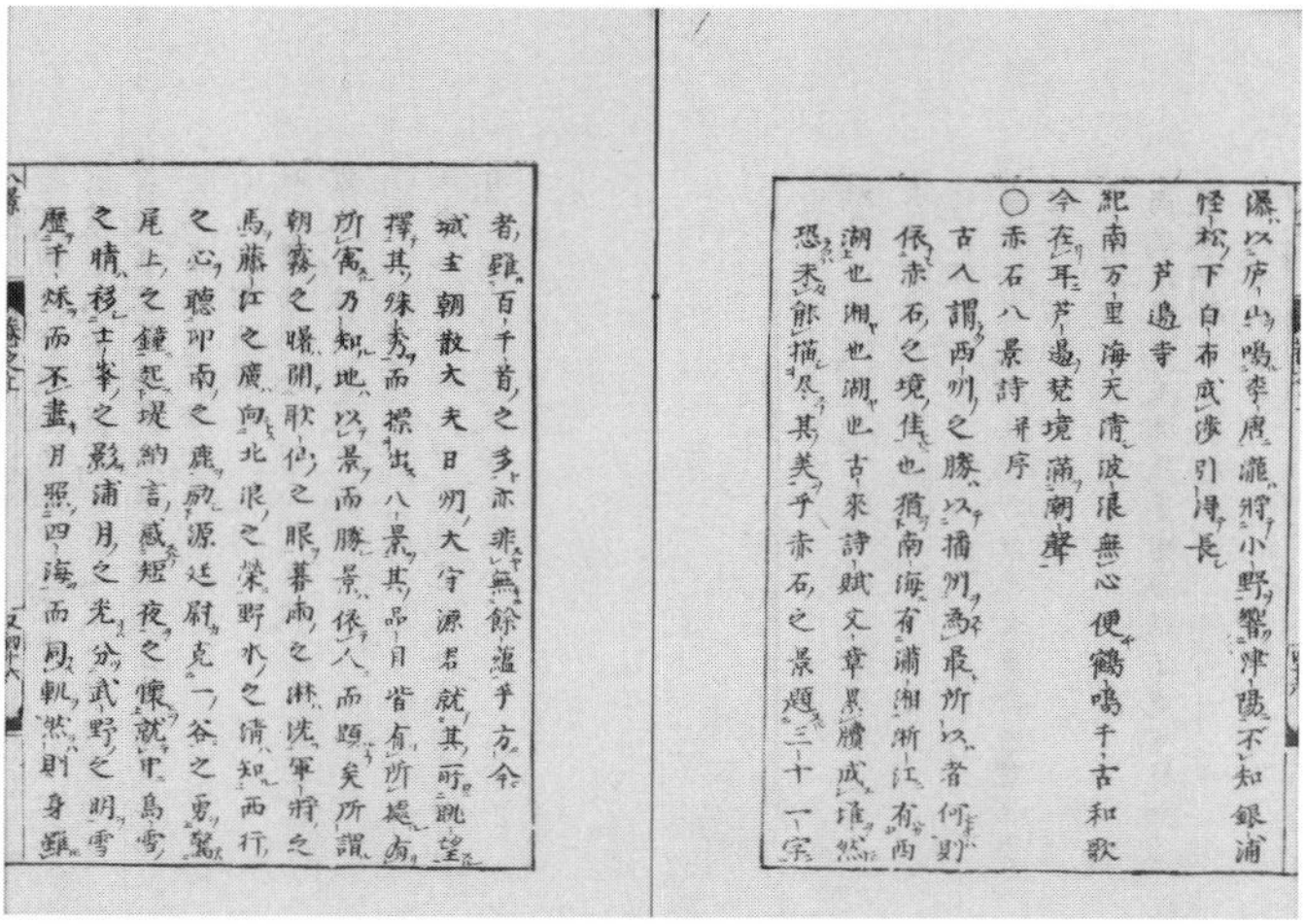

『扶桑名勝詩集』巻上より鷲峰「赤石八景序」（大阪公立大学中百舌鳥図書館蔵）

平黌《へいこう》（昌平坂学問所《しょうへいざかがくもんじょ》）と呼ばれたことは周知のとおり。明石八景には大物がからんでいたのです。

明石藩主・松平信之

ただし、鷲峰は頼まれて詩と序を書いたに過ぎません。そのあたりのことは彼の日記『国史館日録《こくしかんにちろく》』にくわしいので、以下あらましのところを紹介しておきましょう。

鍵になるのは、当時明石藩七万石の主であった松平《まつだいら》信之《のぶゆき》（一六三一―八六年）です。『日録』によると、寛文四年ごろ鷲峰と知りあい、領内の史跡顕彰のために碑文をつくってもらったのだとか。歴史の権威であった鷲峰は、よくこの手の頼まれ仕事を引きうけています。現代でいえば、大学の先生があちこちの地方自治体から原稿を求められるようなもの。むろん幕府から命じられた役目は別にありますから、一種の副業です。

二人の交流が少しずつ深まってきた寛文八年（一六六八）の秋、いよいよ明石八景の話が具体化します。資料にはっきり残ってないのですが、どうも松平信之の発案だったらしい。さっそく九月二十五日、明石藩からの招待で打ちあわせが行われました。参加者は信之、鷲峰のほか、人見竹洞、野間三竹、林鳳岡など。

『国史館日録』によれば、この日は「明石八景の品目を議定す」、みんなで話しあって八景を決めたことになっています。一方『扶桑名勝詩集』の「赤石八景序」では「日州《にっしゅう》太守《たいしゅ》源君《げんくん》其《そ》の眺望する所に就《つ》きて其の殊秀《しゅしゅう》を択《えら》びて八景を標出《へうしゅつ》す」、殿さまがみずから優れた風景を選んだとあって、両方とも鵞峰の書いた文章なのに齟齬《そご》がある。おそらく『日録』のほうが真実を伝えているのでしょう。信之は原案みたいなものをつくってきて、それをみんなで検討したんじゃないかなあ。「序」は公式の記録ですから、なるべくお施主さんに花を持たせたのだと思います。

相談が終わると、参加者は八景の詩を作るよう求められました。『扶桑名勝詩集』には鵞峰の序をはじめ、鵞峰、鳳岡、人見竹洞の詩、さらに野間三竹の跋文も収められていますから、まとめて依頼があったに違いありません。

選考の基準

八景選定の基準として『国史館日録』にははっきり「古歌の詠ずる所に拠る」と記されています。明石の近くには古くから和歌に詠まれてきた土地がある。そうした歌枕《うたまくら》から八景を選ぼうというのです。

もし現代人が「明石の風景八選」を決めるとしたら、基準になるのはやはり同時代の美意識でしょう。要するに、今、きれいだと言われている場所を選ぶことになる。投票はもちろん、有識者で話しあうにしても世論は無視できません。

ところが信之や鵞峰は「先人がその風景を歌に詠んだか」を判断の基準にした。自分たちがどう感じるかより、しかるべき古典作品に描かれていることが大切だったのです。昔からのしきたりが優先され、独創や思いつき、新たな発想が入りこむ余地はほとんどなかった。

現代人は美を個人的な感性としてとらえます。だからこそ「美しいと思うものは一人ひとり違っていて当然だ」と考えるし、「今までだれも気づかなかった美を見出すのが天才だ」と決めつけたりする。けれども、江戸時代の人々にとって、美は歴史と伝統のなかで共有されてきた価値であり、社会全体で守りつたえるべき公共物だったのです。「古典なんか関係なしに、みんなが本当にきれいだと思う景色を選ぼう」という発想は、祇園祭《ぎおんまつり》の山鉾巡行《やまほこじゅんこう》はもう時代遅れだから、代わりに今年はディズニーランドのエレクトリカル・パレードをやろう、と言っているようなもの。信之たちにとって、到底受けいれられない暴論だった。

　こうした伝統主義（古典主義）は「どの土地を選ぶか」という問題にとどまりません。先ほど、ご当地八景は単なる地名の羅列でなく、「ある場所をどう鑑賞するか」の一覧になっていると言いました。その「鑑賞のしかた」もまた信之や鵞峰が新しく考えだしたわけではなく、古歌にうたわれた内容をまとめたものなのです。

忘れていた原稿

　明石八景の内容が決まり、詩や序文の依頼を受けたにもかかわらず、鵞峰はその後、すっかりほったらかしにしていたみたいです。『国史館日録』に次の記事が出てくるのは、翌寛文九年の三月二十九日（一六六九）まで待たなくてはなりません。『本朝通鑑』の編集が佳境にさしかかり、多忙をきわめていたとはいえ、さすがに半年も忘れっぱなしはまずいと思ったのか、ちょっとあわてて気味に

　偶ゝ《たまたま》松平日向守《まつだいらひうがのかみ》に赤石八景を約して太《はなは》だ遅るるを想ひ、之を吟ぜんと欲す。時に次房童傍《かたはら》に在り。将《まさ》に眠らんとす。乃《すなは》ち之《これ》を呼び起して試みに執筆せしめ、先《ま》づ四首を作り畢《をはん》ぬ。

（『国史館日録』）

「松平信之に明石八景の原稿を頼まれていながらひどく遅れていたことを思いだし、執筆にかかる。ちょうど次房少年が傍にいたので、寝かけていたのを起こし、口述筆記させた。まず四首完成」と書いています。

次房くん（おそらく年少の門弟でしょう）にはいい迷惑ですが、いったん取りかかると鵞峰の筆ははやい。四月一日には「之《これ》を口授《くじゅ》して赤石八景四首を作る。昨夜作る所と併《あは》せて八景皆な成る」、残りの詩を仕上げ、三日には序も書きあげたようです。「鶴丹に口授《くじゅ》して赤石八景の序を作る」。

四月四日、原稿を清書のうえ、訓点をつけて信之のもとに送ります。執筆に費やしたのはたった五日、しかもほとんどが夜なべ仕事でした。信之からはお礼の言葉があり、翌日重ねて礼状も到来します。こういうところ、昔の人はじつに丁寧ですね。

鳳岡と人見竹洞の原稿はさらに遅れました。やはり『日録』によれば、四月十二日に鳳岡の、五月三日に竹洞の詩を見せてもらったとのこと。たぶん鵞峰が多少の添削をほどこしたうえで明石藩に渡したのではないかな。

『扶桑名勝詩集』には、ほかに野間三竹の「跋赤石八景詩巻後」という跋文が載っています。「赤石八景の詩巻の後に跋す」と訓《よ》むのでしょう。「跋」はあとがきの意。「詩巻」という以上、鵞峰たちが書いた序、詩、跋は、信之の手もとで貼りあわされ、巻子《かんす》本《ぼん》（巻物のかたち）に装幀されたらしい。もしかしたら、絵師に描かせた明石八景の図も入っていたかもしれません。各地で作られた八景詩にはときどきそういう体裁のものがあります。

ただ、惜しいことに、三竹の見た「赤石八景詩巻」は現存していないのです。後に信之が二度国替えしたこともあって、いつの間にか行方不明になってしまいました。絵があったかどうか、もはや確かめるすべはない。今となっては永遠の謎です。

西山宗因の紀行文

鵞峰の努力によってどうにか完成にこぎつけた明石八景ですが、話にはまだつづきがあります。

明石藩には先代松平《まつだいら》忠国《ただくに》のころから、西山宗因《にしやまそういん》（一六〇五―八二年）という連歌師が出入りしていました。もとは大坂の人ですが、寛文十年（一六七〇）、息子に家督《かとく》を譲ったのち、信之の招きによってときどき明石の柿本神社へ出仕するようになります。文学と縁のある神さまには連歌をお供えするのが当時の慣例でしたから、その役を仰せつかったのでしょう。

宗因は俳諧（連歌のパロディ）に関心が深く、現在ではむしろこちらのほうで有名な人物と言えるかもしれません。軽妙奇抜な作風は「談林《だんりん》」と呼ばれて一世を風靡《ふうび》し、大名のなかにも熱心なごひいき筋があったとか。もっとも彼にとって俳諧はあくまで余技、本領とするところはやはり連歌でした。なかには信之といっしょに詠んだ作品もあって、二人はしたしく風雅の交わりを結んでいます。

寛文十一年（一六七一）の暮れ、信之は神出《かんで》（神戸市西区）にあった山荘に宗匠を招き、「明石山庄記《あかしさんそうき》」という紀行文を書かせました。じつは、そのなかに

すべてこの地勢、壮観《さうくわん》言ひつくすべき詞なし。ある人、八景になずらへて詩賦《しふ》を作らる。（「明石山庄記」）

「この山荘を取りまく土地のさまは壮観であり、言うべきことばも見つからないほど素晴らしい。ある人が瀟湘八景になぞらえて漢詩を作られた」という一節があって、末尾には「仙蹤朝霧」以下、宗因の詠んだ句が添えてあります。

むろん「ある人」とは鷲峰のこと。お殿さまから話を聞いて創作意欲を刺激されたらしい。そもそも「明石山庄記」は信之のために執筆された作品です。依頼主を喜ばせるためにも、触れておきたい話題のひとつだったに違いありません。

ともかくも、おかげで明石八景の発句が生まれた。ご本人は「後《のち》見ん人を恥づ」なんて謙遜しているものの、どうしてなかなか立派な出来です。

次からは明石八景を順に紹介してゆこうと思うのですが、せっかくなので、ところどころ宗因の発句も参照してみることにしましょう。連歌師の目には海辺の風物がどんなふうにうつったのか。おそらく鵞峰たちとはすこし異なった世界が見えてくるはずです。

3　仙蹤朝霧

柿本神社の朝霧

まずは「仙蹤朝霧《せんしょうのちょうむ》」。「仙蹤」は「仙の遺跡」。はて明石に仙人なんていたかなと不思議に思うかもしれませんが、これは歌聖柿本《かきのもとの》人麻呂《ひとまろ》のことです。

『古今集』の序文では、人麻呂と山部赤人《やまべのあかひと》の名前を挙げて「並びに和歌の仙なり」と言っています（真名序《まなじょ》）。ともに『万葉集』を代表する歌人で、すぐれた作品をたくさん残していますから、平安時代の人にとっては仰ぎみるような存在だったはず。ちなみに「仙」は聖人の意。古い辞書には「ヒジリ」という訓をあてたものがあります（文明本『節用集《せつようしゅう》』など）。不老不死の仙人ではありません。

明石には人麻呂をまつった柿本神社、通称人丸さんがあります。「仙蹤」はそれを指すのでしょう。古くは明石城のあたりに鎮座していたようですが、元和七年（一六二一）、東へ一キロほど離れた人丸町《ひとまるちょう》に移転し、新しい社殿が造られました（「人丸」は人麻呂の異表記。近世には「ひとまる」とも読みました）。

海峡を望む境内には、神社の由緒をしるした立派な石碑が建っています。文章は松平信之が林鵞峰に依頼したもの。後々二人が親しく交わりを結ぶきっかけとなりました。

宗因の句

先に説明したとおり、信之は明石八景を選んだあと林鵞峰、鳳岡、人見竹洞の三人に漢詩を作らせています。また西山宗因にも発句を求めました。彼らは柿本神社の朝霧をどのように詠んだのでしょうか。
まずは宗因の句を取りあげてみたいと思います。

　朝霧に隠れぬ浦の昔かな

　昔、明石の浦で起こったことは朝霧に隠れたりせず、今の世に伝わっていることだなあ。

季語は「朝霧」。秋の句です。霧は視界をさえぎりますから、この場合、「昔のできごとを覆《おお》いかくして忘れさせるもの」という含意もあります。「朝霧」がたとえ浦の景色をかすませようと、柿本神社の由緒まで曖昧にすることはできない。いつまでも人々の記憶に留まっている、と作者は言いたいらしい。
それでは「浦の昔」とはいったい何なのか。人麻呂と明石といえば、よく

　天離《あまざか》る鄙《ひな》の長道《ながぢ》ゆ恋ひ来れば明石の門《と》より大和島見ゆ　（『万葉集』、柿本人麻呂）

「はるか遠いところから、故郷をなつかしみながら旅をしてきた。ようやく明石海峡にさしかかると奈良の山影が見える」という歌が引きあいに出されます。しかしこれは「明石の門《と》」であって「浦」ではない。「朝霧」も出てきません。宗因の句とはだいぶ印象が違う。典拠はきっと別にあるはずです。

鵟峰の詩

鍵になるのは鵟峰の詩です。

此地遺蹤柿本仙　　此《こ》の地の遺蹤《ゐしよう》柿本の仙《ひじり》、
間吟残夜欲明天　　間吟《かんぎん》して残夜明《あ》けんと欲する天。
浦邊望入霧中去　　浦辺《ほへん》の望みは霧中に入《い》り去《さ》り、
傍島移過無數船　　島に傍《そ》ひて移過《いくわ》す無数の船。

この地は歌仙人麻呂の遺跡。夜もすがら詩をつくるうちに、空ははや明けがたとなった。海辺の眺望は霧にこめられ、島に沿って過ぎゆく無数の舟が見える。

漢詩はややこしいですから、一句ずつ説明してゆきましょう。

第一句「此《こ》の地の遺蹤《ゐしよう》柿本の仙《ひじり》」。「此の地」は明石。「遺蹤」は柿本神社。つまり、「明石にある柿本神社は歌聖人麻呂の遺跡である」。縁もゆかりもないところに人麻呂をまつったわけではなく、何がしか来歴があるというのです。

第二句「間吟《かんぎん》して残夜明《あ》けんと欲する天」。「間吟」は「閑吟」と同じで、のどかに詩や歌をつくり、朗詠すること。「明けんと欲する」は「今にも明けようとする」という意味です。すばらしい風景を前に夜もすがら風流にいそしんだ。

もっともそれを「鵟峰が明石に来て、徹夜で詩を作った」と解釈するのは間違いです。当時の人々にとって、和歌や漢詩は小説みたいなもの。作品に登場するのは架空の人物です。まれに書き手の体験が反映されることもありますが、基本的には光源氏が紫式部ではなく、坊っちゃんが漱石ではないのと一緒で、「間吟」するのも鷲峰ではありません。空想のなかの詩人だと考えてください。

第三句「浦辺《ほへん》の望みは霧中に入り去り《いさ》」。海岸の風景は霧のなかに入り、見えなくなってしまった。「去」は「霧のなかに入ってから」、あるいは単に「霧のなかに入って」。

第四句「島に傍《そ》ひて移過《いくわ》す無数の船」。島に沿っていくつもの船が過ぎてゆく。前の句にあった「浦辺の望み」をよりくわしく説明したものです。

鷲峰の作品は明石の海を描いた叙景詩のように感じられるかもしれません。しかし、じつは『古今集』を典拠にしています。

ほのぼのと明石の浦の朝霧に島隠れ行く舟をしぞ思ふ

この歌は、ある人のいはく、柿本人麻呂が歌なり　（『古今集』、よみ人知らず）

よみ人知らずということになってはいるものの、後ろに「ある人のいはく、柿本人麻呂が歌なり」という注が付いているため、古くから人麻呂の作と信じられてきた和歌です。「明石の浦にほのぼのと朝霧がかかっている。あの向こうには、島陰を漕《こ》ぎすすんでゆく舟がいるのだろうか」。先ほどの詩の後半「浦辺の望みは霧中に入り去り、島に傍《そ》ひて移過す無数の船」は明らかにこれを踏まえたものです。

「仙蹤」を訪れた詩人は、かつて歌聖が「ほのぼのと」うたった薄明の美を目のあたりにします。移ろいゆく人の世にあって、海だけが千年前と変わらず朝霧の彼方にしずんでいる……。鷲峰が伝えたかったのは「明石の浦には人麻呂が見、歌に詠んだ風景が今もなお残っている」という驚きではないでしょうか。宗因の句「朝霧に隠れぬ浦の昔かな」もおそらくは同じ感動をうたったものです。柿本神社に来れば「浦の昔」はそのまま眼下にひろがっている。霧が立ちへだてようと、隠すことなどできないのです。

『万葉』と『古今』

しかし、だとしたらなぜ『古今集』なのか。人麻呂といえば『万葉集』。しかも明石では、「天離《あまざか》る」の名吟を残しています。一方『古今集』のほうは人麻呂の作かどうかさえ不確かで、いかにもうさんくさい。何でこんなものを持ちあげるのか疑問に思われるかもしれません。

現代人の多くは、漠然と『古今集』より『万葉集』のほうが立派だと考えています。たとえば国語の教科書を見ても、『万葉』の歌は『古今』の倍か三倍くらい載っている。けれども江戸時代の人々は違いました。嫁入り道具に『古今集』を持たせる習慣があったくらいで、古典としての格はこちらがはるかに上だったのです。明治になって、正岡子規《まさおかしき》は「貫之《つらゆき》は下手な歌よみにて古今集はくだらぬ集に有之《これあり》候《さうらふ》」(『歌よみに与ふる書』)とこきおろしていますが、あれだけの批評家がむきになって悪口を言うくらい『古今集』の存在は大きかった。

もともと『万葉集』が私的に編纂《へんさん》されたのに対して、『古今集』は天皇の命令に基づいて作られた公《おおやけ》の歌集でした。前近代の社会ではこの点が特に重視され、成立は新しくとも『万葉』を上回る権威を得たのです。『古今集』がおだやかで優美な歌風であることも親しみやすさにつながったのでしょう。

江戸のころ『古今集』はだれしもが読んでいる、いや、読まねばならぬ大古典でした。けれども『万葉集』は物好きか学者しか手に取らない書物だった。人麻呂の歌を引用するにしても、「天離《あまざか》る鄙《ひな》の長道《ながぢ》ゆ」ではぴんとこない。やはり「明石の浦の朝霧に」でなくては困るのです。

「何をもって古典とするか」という常識は時代によって異なります。作品は変化しないけれど、作品の扱いは大

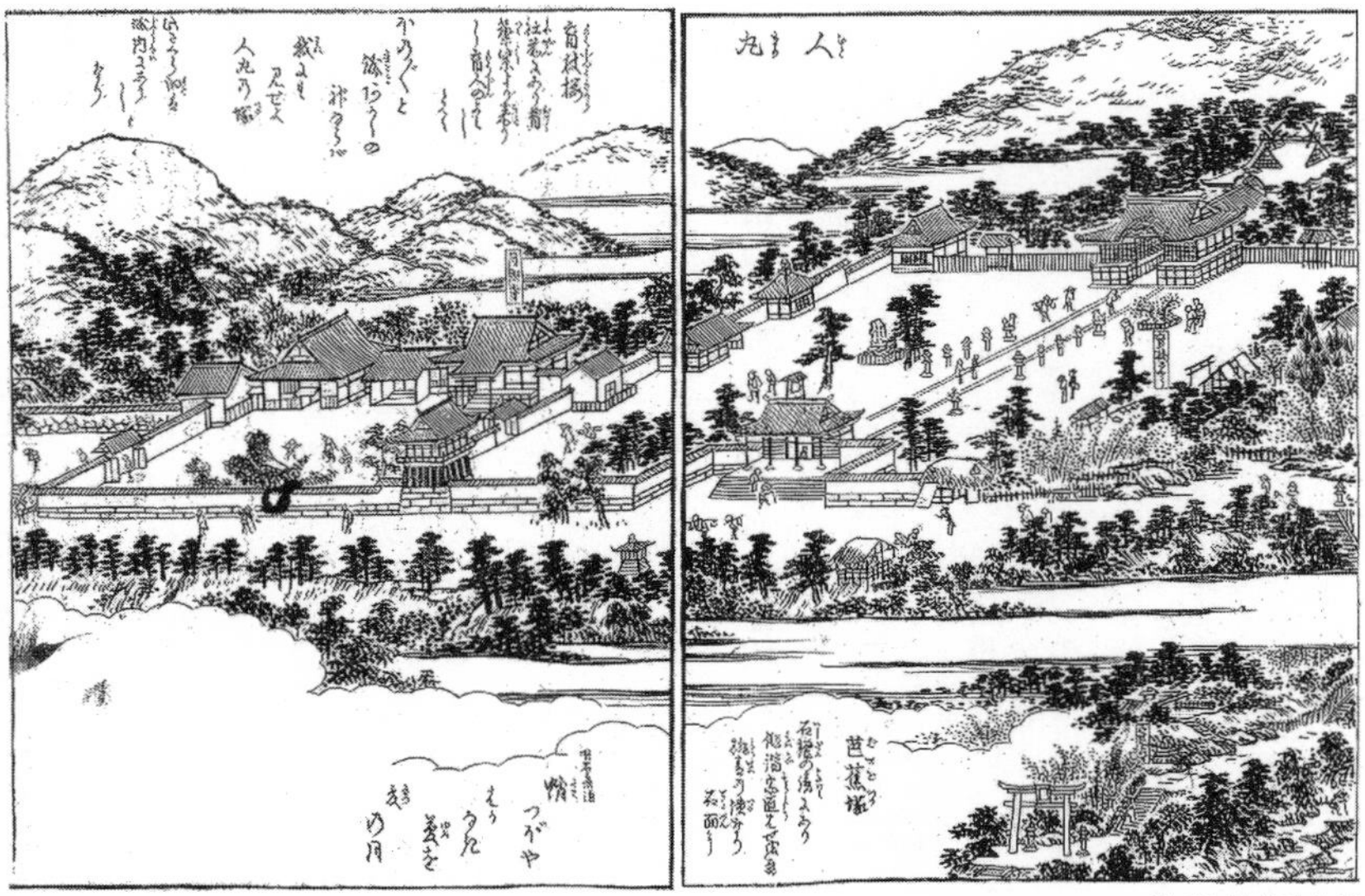

『播州名所巡覧図絵』より「人丸（山）」。右側が現在の柿本神社、左側は人麿山月照寺《ひとまろさんげつしようじ》で、当時は一体となって人麻呂をまつっていた。柿本神社境内の参道左手に松平信之の建立した石碑が描かれている（神戸学院大学蔵）。

きく変化する。昔からある本でも、現在の価値観に合わなければ権威が認められることはありません。かつて必読の書と言われた『神皇正統記《じんのうしようとうき》』や『葉隠《はがくれ》』は、戦後じつにあっさりと忘れさられました。反対に戦前『源氏物語』が軟弱、不敬であるとして遠ざけられた時期もあります。

　同じように『古今集』と『万葉集』の立場も逆転していた。たとえば、宗因はのちに柿本神社で

朝霧やのぼりての代《よ》の岡の松

（「延宝二年七月十一日賦御何連歌」）

「この岡の松は、朝霧が立ちのぼったという昔を思いださせることだなあ」という句をつくっています。上五が『古今集』を踏まえることは一目瞭然。人麻呂を讃えるとなると、やはり外すことのできない典拠だったのでしょう。奉納された神さまとしては、社殿の奥で「それ、別の人の歌なんだけど……」と困惑していたかもしれませんが。

4　大倉暮雨

大蔵谷の雨

二つめは「大倉暮雨《おおくらのぼう》」。「大倉」は大蔵谷《おおくらだに》のこと。明石の城下から一キロほど西に行ったあたりです。江戸時代には西国街道の宿場としてさかえた地域でした。時代はややくだりますが、かの有名な弥次さん喜多さんにお泊まりいただくという栄誉にも浴しています（『続膝栗毛《ぞくひざくりげ》二編追加』）。

明石八景に選ばれたのは古くから和歌に詠まれてきた名所、いわゆる歌枕《うたまくら》です。けれども大蔵谷をうたった作品というのは聞いたことがありません。江戸中期に作られた観光案内『播州名所巡覧図絵《ばんしゆうめいしよじゆんらんずえ》』では、藤原定家の

旅枕いくたび夢の覚めぬらん思ひあかしの駅々《うまやうまや》と　（『拾遺愚草』）

「旅寝の夢は途中でいくたび覚めることだろう。故郷を思って夜を明かす明石の駅《うまや》からまた次の駅へと、道はつづいてゆく」という一首を引用して、「駅（宿場）のあるところには租税を納める倉庫があるから、これが大蔵谷の起源に違いない」と推測していますが、うーん、いかにも根拠薄弱ですねえ。

そのような町をどうやって詩に詠むか。「にぎやかな街道の様子を描写すればいいじゃないか」というのは現代人の発想。当時の人にとって、目の前に見えるものをそのまま写しとっただけでは文学といえません。表現されるべきは、伝統のなかで形づくられた土地のイメージなのです。先人の作品を変奏し、本歌取りすることこそ詩人の使命だった。

当然、しかるべき典拠が見つからない場合、執筆は行きづまってしまう。明石八景のなかでも大蔵谷は群を抜いた難題でした。作者の力量が問われる事態です。現代人なら書きあぐねたとき助けを求めるのは、みずからの感性、そして天与の霊感や一瞬のひらめきでしょう。しかし、江戸時代の文人にとって、窮地を切りぬけるために必要なのは古典の知識であり、うずたかく積みあげられた書物の山だったのです。

鷲峰の詩

たとえば鷲峰は、大蔵谷をこんなふうにうたっています。

大倉谷畔雨霏霏
行客迷途追落暉
三草煙籠明石暗
指前顧後露沾衣

大倉谷畔《たいさうこくはん》雨霏々《ひひ》として、
行客《かうかく》途《みち》に迷ひ落暉《らくき》を追ふ。
三草煙《けむり》籠《こ》めて明石暗《くら》く、
前を指し後を顧《かへり》みて露《つゆ》衣を沾《うるほ》す。

大蔵谷のあたりには雨が降りしきり、旅人は道を失って夕日を追う。三草山にはもやがかかり、明石の里もその名とはうらはらに暗い。前途を指さし、後ろを振りかえりながら進んでゆくと、露は衣をしとどに濡らす。

くわしく読んでみましょう。

第一句「大倉谷畔《たいさうこくはん》雨霏々《ひひ》として」。「畔」はほとり、そばの意。「霏々」はしきりに降るさま。あたり一面をかき暮らすようにして、雨は降りつのる。

第二句「行客《かうかく》途《みち》に迷ひ落暉《らくき》を追ふ」。「行客」は旅人。「落暉」は夕日。立ちこめる雨のせいで、旅人は道を失い、やむなくわずかな夕日の光をたよりにする。

第三句「三草煙《けむり》籠《こ》めて明石暗《くら》く」。「三草」は三草《みくさ》山（加東市）のこと。直線距離で北に三十キロほど離れています。「煙」は霧、もやのたぐいでしょう。大蔵谷から眺めると三草山にはもやが立ちこめ、明石の方角は暗くてよく見えない。

第四句「前を指し後を顧《かへり》みて露《つゆ》衣を沾《うるほ》す」。「前」は明石、「後」は三草山。つまり、行く手を指し、来た道を振りかえって少しずつ進んでゆく、旅の衣を雨に濡らしながら、と言いたいらしい。

さして難しい言葉が使われているわけでもなく、単純で分かりやすい詩だと思われるかもしれません。雨に行きなやむ旅人を描いて、何となく抒情的な雰囲気もある。いかにも江戸時代の宿場町が目に浮かぶようだと思った人も多いのではないでしょうか。

しかし、それは勘違いです。先ほど言ったように、鷲峰は現実の大蔵谷を詠んだのではありません。古典に描かれた大蔵谷のイメージを作品化したのです。内容をきちんと理解するためには、拠りどころとなった書物を突きとめる必要がある。

手がかりは第三句に登場する「三草」です。「大倉谷」や「明石」はともかくとして、なぜここで三草山が出てくるのか。どう考えても合理的に説明することができません。何らかの故事を想定するのが自然でしょう。

尊氏の負け戦

南北朝時代に作られた『風雅集』という歌集のなかに、足利尊氏の歌が収められています。

今向かふ方はあかしの浦ながらまだ晴れやらぬ我が思ひかな
（『風雅集』、足利尊氏）

詞書《ことばがき》によれば「世の中騒《さわ》がしく侍《はべ》りけるころ、三草の山を通りて大蔵谷といふところにて」、世の中が騒がしいころ、三草山を通って大蔵谷にさしかかったときの作品、とのこと。

後醍醐天皇が鎌倉幕府を滅ぼすにあたって、尊氏に大きな功績があったことはどなたもご存じのとおり。しかし、ほどなく中先代《なかせんだい》の乱をめぐって対立が生じ、建武二年末（一三三五）、鎌倉で挙兵した尊氏はまたたく間に京へ攻めのぼります。折しも急を察した奥州の北畠顕家《きたばたけあきいえ》が長途五万の軍勢を率いて追撃。足利方はこれを支えきれず、ついに丹波路《たんばじ》に退くことを余儀なくされたのでした。

かろうじて窮地を脱した一行は、再起を期して三草山から摂津《せっつ》に向かうのですが、どうやら途中で大蔵谷を通ったらしい。そのとき詠んだのが先ほどの歌です。「世の中騒がしく侍りけるころ」とは、尊氏最大の負け戦をうんと婉曲に言ったものでした。

一首は「今、向かっているのは『明るい』という名を持つ明石の浦だけれど、私の心は晴れないなあ。なるほど大蔵谷を通っているからか」というほどの意味。「まだ晴れやらぬ」は大蔵谷、すなわち「大いに暗い谷」という地名を踏まえた洒落《しゃれ》でしょう。

都落ちの最中にずいぶんのんきな話だと思われるかもしれません。でも、そういう鷹揚《おうよう》なところが尊氏のよさです。将に将たる器《うつわ》と言ってもいい。苦しいときこそ、大将が落ちこんでいては士気にかかわる。

もうお気づきのとおり、鷲峰の詩は『風雅集』の歌をもとにしたものです。「晴れやらぬ」とあるから、雨が降っていたと拡大解釈して「暮雨」に結びつけた。「敗走する一行は道を失って、夕日をたよりに進む。後ろにそびえる三草山にはもやがかかり、目指す明石の方角も名前とはうらはらに暗い。降りつのる雨のなか、衣はしとど

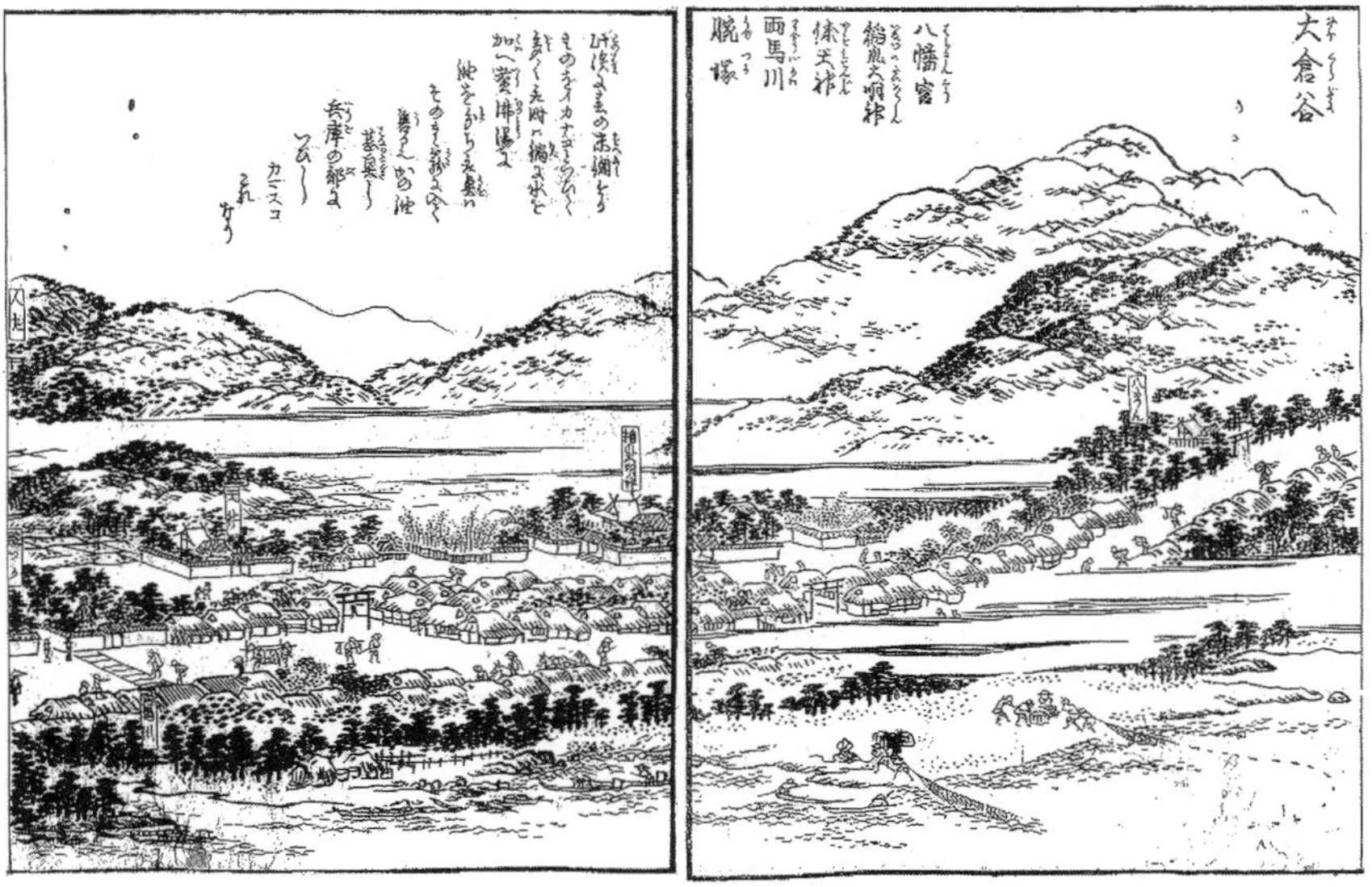

『播州名所巡覧図絵』より「大倉谷」。街道沿いの家並みや往来の旅人が描かれる。松並木を隔てた南側は明石の海で、砂浜では近在の漁師たちが網を引く。大蔵谷の名はもともと北に見える山峡から出たもの（神戸学院大学蔵）。

に濡れて乾く間もない」。「行客」が三草山から明石のほうへ行くのは、偶然でもなければ、作者のご都合主義でもありません。尊氏を念頭に置いているからこうした地名が出てくるのです。詩のなかに描かれたのは江戸時代の大蔵谷でなく、『太平記』の世界だった。

鵞峰は大変はばひろい学問を修めた人ですが、『本朝通鑑《ほんちょうつがん》』を編んだことから分かるように、本領はやはり史学にありました。『風雅集』はさほど有名な歌集ではありません。しかし南北朝時代の作品がかなりの量収められているので、いちおう目は通していたのでしょう。歴史家としての嗅覚が膨大な資料の山から尊氏の作品を探しあてたのです。いかにも本の虫らしい話で、何だか感心してしまうなあ。

ちなみに、大蔵谷は後醍醐天皇ゆかりの場所でもありました。隠岐島に流される途中で通りがかったことがあるらしい。当時の書物に「大蔵谷といふところ少し過ぐるほどにぞ人丸の塚はありける。明石の浦を過ぎさせ給ふに、島隠れゆく舟どもほのかに見えてあはれなり」、少し向こうには人麻呂の墓があり（現在の柿本神社）、明石の浦を過ぎるときには島隠れゆく舟も見えた、と記されています（『増鏡《ますかがみ》』）。因縁の土地ですね。

土地の文学性

古典、特に和歌のなかに大蔵谷はほとんど出てきません。けれども鷲峰は宿場町の活気をうたったりせず、『風雅集』の歌を探しだし、敗走する尊氏のすがたを描きました。明石八景を考えるうえで重要な問題がここにひそんでいます。

江戸時代の人にとって、文学的形象は目の前の現実から生まれてくるものではありませんでした。過去の作品でどのように取りあげられているか、それがすべてだった。旅人で雑踏する大蔵谷のにぎわいよりも、三百年前、都落ちする尊氏が一首詠んだことのほうが重要だったのです。

したがって、明石の風景を八つ選んだといっても、詩に何かしら当時の実状が反映されていると考えるべきではないのでしょう。彼らはあくまで書物のなかに出てくるイメージをうたったのであり、むしろ古典との関わりこそが選考の基準だった。『国史館日録』に「古歌の詠ずる所に拠る」とあったのを思いだしてください。文学に拠りどころを持たない土地は「名所」ではなかったのです。

明石八景の詩は、決して人々の暮らしや風土をあるがままに写したものではありません。伝統的に形づくられてきた幻想を楽しむための場なのです。

5　藤江風帆

藤江の舟

三つめは「藤江風帆《ふじえのふうはん》」です。藤江は明石の市街地から五キロほど西へ行ったあたり。『万葉集』の昔から漁港として有名でした。巻三に柿本人麻呂が瀬戸内を旅したときの歌が収められていて、そのなかの一首、

荒《あら》たへの藤江の浦に鱸《すずき》釣る海人《あま》とか見らむ旅行くわれを

（『万葉集』、柿本人麻呂）

に藤江が登場します。おそらく七世紀の後半に作られたものでしょう。

「荒たへ」は木の皮で折った布。藤を材料とすることがあったため、「藤江」の枕詞《まくらことば》として使われます。「何も知らない人は、旅にやつれたわたしを鱸釣りの漁師と見間違えるだろう」。人麻呂は船で旅していたのですね。事情を知らない人がうっかり勘違いしてしまうほど、沖合には大勢の漁師さんがいたらしい。今でもあのあたりは釣りの穴場だそうですから。

人麻呂以来、藤江には鱸が付きものになりました。たとえば鎌倉時代のある歌人は「夕凪《ゆふなぎ》の藤江の浦の入海《いりうみ》に鱸《すずき》釣るてふ海人《あま》の乙女子《をとめご》」と詠んでいます（『新撰和歌六帖』）。おじさんが美少女に入れかわっていますが、『万葉集』の本歌取りであることは一目瞭然でしょう。

これも歌枕《うたまくら》の特徴のひとつです。単なる景勝地とは違って、「どのように描くか」がある程度固定していた。たとえば吉野山なら桜をうたう。竜田川なら紅葉を詠む。吉野にも松はあるでしょうし、竜田にも藤は咲くのだろうけれど、ふつうそんな詠みかたはしない。更科《さらしな》といえば月、宮城野なら萩の花、深草では鶉《うずら》というふうに、長い伝統のなかで培《つちか》われてきた組みあわせがあるのです。鱸と藤江もそのたぐいだと考えてください。

こうした発想は私たちのまわりにもまだ多少残っています。秋に吉野へ行く人はめったにいないでしょう。だれ

現在の藤江港。近隣に林崎、魚住など大きな漁港があるため規模は小さいが、海苔《のり》養殖がさかんで、釣客もよく訪れる。写真は東藤江の海際、小高い丘から西向きに撮ったもの。東をふりかえれば淡路島が目のあたりに見える（筆者撮影）。

でも満開の桜が見たいと思うはずです。山寺（立石寺《りっしゃくじ》）なら夏がいい。「岩にしみいる蝉の声」を聞かなくちゃいけませんからね。津軽海峡はもちろん冬。それ以外の季節では石川さゆりの世界を堪能できません。

風景というものは、いつ、どのように味わうかによって、美しさが違ってきます。太陽がさわやかに照りつける初夏の津軽海峡はなんだかしっくりこないでしょう？　吹雪のなか、海鳴りだけがこだまする瞬間をみんなが求めている。せっかくならもっとも美しく、もっともそれらしい状態で名所を眺めたい。昔の人はこれを「本意《ほい》」と呼びました。もちろん個人の趣味や嗜好ではいけません。ひろく世間で受けいれられた共通認識、みんなが納得できる美の公式であることが大切で、だからこそ『万葉集』なり、芭蕉なり、「津軽海峡・冬景色」なり、ちゃんとした典拠が必要とされたのです。

藤江の場合は、人麻呂の歌が本意になりました。鱸と組みあわせることで、海辺の土地らしい感じが出ると思われたらしい。

竹洞の詩

今回は人見《ひとみ》竹洞《ちくどう》（一六三八―九六年）の作品を読んでみましょう。羅山以来の高弟で、鵞峰がずいぶん頼りにしていた人物です。このとき三十二歳。林家一門のなかでも特に詩にすぐれていました。

藤江風熟片帆飛
萬里晴波涵夕暉
好有鱸魚起秋思
行舟應是季鷹歸

藤江風熟《かぜじゆく》して片帆《へんはん》飛び、
万里《ばんり》の晴波夕暉《せきき》を涵《ひた》す。
好《よ》し鱸魚《ろぎよ》の秋思を起こす有らん、
行舟応《かうしうまさ》に是《こ》れ季鷹《きよう》の帰るなるべし。

藤江の浦には順風が吹き、ひとひらの帆は飛ぶように進む。どこまでもつづく海原の波は夕日をひたすかのようだ。あの舟には、秋になって鱸の味を思いだし、故郷へ帰ろうとする人が乗っているに違いない。

第一句「藤江風熟《かぜじゆく》して片帆《へんはん》飛び」。「風熟す」は順風が吹くこと。「片帆」は帆をかけた一艘の舟。「藤江のあたり、小さな舟が追風を受けて飛ぶように進んでゆく」。後でくわしく説明しますが、乗っているのは漁師ではありません。旅人です。

第二句「万里《ばんり》の晴波夕暉《せきき》を涵《ひた》す」。「万里の晴波」はどこまでも限りなくつづく波。それが「夕暉」、つまり夕日をひたす。太陽が今にも沈もうとし、残照が波にうつるさまを表現したのでしょう。あえて「晴波」としたのは「夕暉」との関わりを示すためだと思います。

第二句からすでに夕方近い時刻であることが分かります。当然、前句の「片帆」は藤江をさして急いでいると考えねばなりません。灯りの乏しい時代、舟は日が暮れれば港に入って夜を過ごすのがふつうでした。「夕暉」のなかわざわざ出航してゆく人はいない。藤江を目指して帆をあげるのです。

第三句「好《よ》し鱸魚《ろぎよ》の秋思を起こす有らん」は、「きっと鱸が秋の思いを呼びさましたのだろう」の意。これだけ読んでも何のことだか分かりませんが、典拠が踏まえられています。

昔、中国の張翰《ちようかん》という文人は、洛陽《らくよう》の都で暮らしていたとき、秋風が立つのを見て故郷の食べものを思いだし、居ても立ってもいられずに官をなげうってお国に帰ってしまったとか。『世説新語《せせつしんご》』という本には次のように書いてあります。

張季鷹斉王《ちやうきようせいわう》の東曹掾《とうさうえん》に辟《め》され、洛に在り。秋風の起こるを見、因《よ》つて呉中の菰菜《こさい》の羹《あつもの》、鱸魚《ろぎよ》の膾《なます》を思うて曰く、人生意に適《かな》ふを得るを貴ぶのみ。何ぞ能《よ》く数千里に羈官《きくわん》して以て名爵《めいしやく》を要《もと》めんと。遂《つひ》に駕《が》を命じて便《すなは》ち帰る。

（『世説新語』鑑識篇）

「張翰（季鷹）は斉王（司馬冏《しばけい》）の招きによって東曹掾《とうそうえん》の位を授けられ、洛陽で勤めていた。秋風が吹くのを見て、真菰《まこも》の吸物や鱸のなますなど故郷呉の国の食物を思いだし、『人生何ごとも心のままに生きるのがいちばん。仕事にしばられ、名声を求めて、こんな遠いところで暮らしてもしかたあるまい』と、車を命じてすぐさま帰国してしまった」。

そう、張翰の心をとらえてはなさなかったのは「鱸魚の膾《なます》」、つまり鱸のお刺身でした。秋口はちょうど旬《しゆん》の時期ですから、食欲とともに望郷の念にとらわれたのでしょう。竹洞の詩にいう「秋思」は、ふるさとを懐かしむ気持ちのことです。

第四句「行舟応《かうしうまさ》に是《こ》れ季鷹《きよう》の帰るなるべし」。「行舟」は海を渡る舟。「季鷹」は『世説新語』にも出てきましたが、張翰の字《あざな》（別名）です。つまり「海上を行く舟は、張翰が帰ってゆくのだろう」。

もちろん、ほんものの張さんが明石のあたりをうろうろしているはずがありません。詩のなかに出てくる「季鷹」は「故郷を離れた人」の比喩。ハムレットが悩める青年の、ドン・キホーテが無謀な理想主義者の言いかえであるのと同じ理屈です。

とすれば、目指すふるさとはどこか。詩の前半を思いだしてください。舟は夕暮れの藤江をさして急ぐ。人麻呂以来、鱸の名所として知られるこの歌枕こそ、主人公の出身地と考えるのが自然でしょう。第一句「片帆飛び」には「少しでもはやく恋しい藤江にもどりたい」という心情があらわれています。

もう一度、はじめからおさらいしておくと、藤江の浦のあたり、飛ぶような速さで進んでゆく舟がある（第一句）。時刻は夕暮れ、きっと港に向かっているのだろう（第二句）。起、承ときれいに展開しています。そして転。鱸が望郷の念を起こさせたに違いない（第三句）。話が急に変わって読者がとまどっていると、第四句（結）で伏線が回収されます。そうか、あれには藤江に帰る旅人が乗っているのだ。

竹洞の力量

漢詩は起承転結の構成を持つのが理想だと言われます。しかし、言うは易く行うは難し。特に後半の二つは鬼門です。結の句で上手に全体をまとめようとすると、その前の転じかたが弱くなる。転の句であざやかに話題を変えすぎると、最後に収まりがつかなくなってしまう。漢詩を作るとき最大の難所ですが、竹洞先生の筆の冴えは恐ろしいばかり。いきなり鱸の話を始めて読者をびっくりさせ、だから舟は藤江に向けて進むのだと全体を締めくくる。まったくもってお手本のような構成で、詩人としての力量がよくあらわれています。

竹洞は医師の家に生まれ、学問を好んで林羅山の弟子となりました。若いころには京都で修業し、石川丈山《いしかわじょうざん》（詩仙堂をつくったことで有名な漢詩人）とも交わりを結んだとか。その才学は鵞峰も認めるところで、寛文元年（一六六一）には林家の門人としてはじめて幕府の儒官に就任。『本朝通鑑』の編集に携わったほか、外交、法制の面でも大いに活躍しています。

竹洞はまた風雅の人でもありました。水竹深処《すいちくしんしょ》という別荘を開いて詩文に遊び、優れた作品を数多く残しています。「即興」と題する一首を読めば、彼がいかに洒脱《しゃだつ》な人柄であったかよく分かるでしょう。

柴火清茶手自煎
松風寒雨坐蕭然
把書偶有味深意
不覺猫児上膝眠

柴火《さいくわ》清茶手《て》自《みづか》から煎《せん》し、
松風寒雨坐《ざ》して蕭然《せうぜん》たり。
書を把《と》れば偶ゝ《たまたま》深意を味《あぢは》ふ有り、
覚えず猫児《べうじ》の膝に上《のぼ》りて眠るを。

「柴をくべ、手づから茶を入れて、松風や時雨の聞こえるなか静かに過ごす。書を取ればたまたま味わい深い一節にゆきあたり、覚えず読みふけって、膝の上に眠る猫のことなど忘れてしまうのだ」。ひっそりと過ぎてゆく満ちたりた時間、ささやかな暮らしのなかに幸福を見出そうとするおだやかなまなざし。三百年前にもこんな人がいたかと思うと楽しくなります。仕事より鱸のお刺身というのも、なるほど竹洞なら分かる気がするなあ。

6　清水夕陽

野中の清水

四つめは「清水夕陽《しみずのせきよう》」です。野中の清水にうつる夕日。ただし「清水」といってもただの湧き水ではありません。『古今集』に出てくる有名な歌枕です。

いにしへの野中の清水ぬるけれどもとの心を知る人ぞ汲む

（『古今集』、よみ人知らず）

「野中の清水はぬるくなったけれど、昔、冷たかったころのことを知っている人はやはり今でも汲みにくる」。本来「野中の清水」はただ「野原の湧き水」というだけのことで、別にどこか特定の場所を指しているわけではないのですが、時代がくだるにつれ播磨にある地名だと考えられるようになりました。西行が姫路の書写山《しょしゃざん》へ参詣する途中で詠んだ「昔見し野中の清水変はらねば我が影をもや思ひ出づらん」、野中の清水は昔と少しも変わらない、以前立ちよった私のことを思いだしてくれるだろうか、という歌も残されています。一般名詞がいつの間にか固有名詞と勘違いされ、固有名詞である以上はどこかに実在するという話になったらしい。やがて歌人たちは細かな地理的探究に熱をあげはじめます。

ひとつたとえ話で説明してみましょう。「春の小川はさらさらゆくよ」という歌がありますね。あの「春の小川」は漠然と「春を迎えたどこかの川」をあらわす表現で、特定の川を指すわけではない。しかし、それを地名だと思いこんだ人がいたらどうでしょう。「春の小川」はいずくにありや？　「岸にれんげやすみれの花が咲いているのなら、明石川だ」「いや、明石川は水量が多くてさらさらとは流れない。よりふさわしいのは朝霧川ではないか」。……現代人からすれば、文学の何たるかをちっとも理解しない態度としか言いようがありません。けれども鎌倉、室町期の歌学者は本気でこの手の考証に取りくみ、ときには甲論乙駁《こうろんおつばく》、つかみ合いをせんばかりの勢いで自説を主張しあったのです。

野中の清水といえば播磨。すでに西行はそう信じていたのですから、あまり意味のない詮索（少なくとも『古今集』を基準にして考えれば）とはいえ、江戸時代の人々にとってはもはや厳然たる歴史的事実にほかならなかった。

『播州名所巡覧図絵』より「野中清水」。かなり大きな池として描かれている。江戸時代にはこの水で酒の醸造も行われたらしい（神戸学院大学蔵）。

明石八景のころには、どうやら今の神戸市西区岩岡町あたりということになっていたらしい。当時作られた『采邑私記《さいゆうしき》』という地誌には

野中下村　村《むら》野中の清水の傍《かたは》らに在り。

「野中下村は野中の清水のそばにある」と書いてあります（ちなみに神戸市西区は、野中下村も含めて全域が明石藩領に属していました）。岩岡町野中といえば、明石の市街地から十キロほど西北に行ったところ。資料によると、この「清水」も明治のなかごろから涸《か》れはじめ、やがて正確な場所すら分からなくなってしまったようです。今では野中の清水市民公園というのが整備されていて、ちゃんと小さな池もありますが、あれは戦後になってわざわざ掘ったものだとか。

人間の想像力というのはおもしろいですね。ぼんやりと「好きな湧き水を思いうかべて読んでごらん」と言われても、つい「具体的などこかの池に限定したい」という欲求が起こってくる。しかもいったんここだと聞かされると頭から信じこんで疑わない。八景に選んだり、公園をつくったりする。『古今集』の歌人が知ったらびっくりするかもしれません。

あと百年もすれば、どこかののどかなせせらぎが「史跡名勝春の小川」に指定され、記念館のひとつも建っているのでしょうか。

鷲峰の詩

「清水夕陽」は鷲峰の詩を読んでみることにしましょう。

世間溽暑不曾知
一掬心清野水湄
草似茵兮流似玉
涼風坐了日西移

世間の溽暑《じょくしょ》曽《かつ》て知らず、
一掬《いっきく》心は清し野水の湄《ほと》り。
草は茵《しとね》の似《ごと》く流れは玉の似《ごと》く、
涼風坐《ざ》了《れう》して日《ひ》西に移る。

世間の暑苦しさは一切知らず、ひとすくいすれば心は清らかに澄む。草は敷きもののように美しく、流れは碧玉のようにうるわしい。涼風に吹かれて坐っているうちに、日は西にうつろった。

第一句「世間の溽暑《じょくしょ》曽《かつ》て知らず」。「溽暑」は蒸すような暑さ。しかし、ここに来ればそれを味わうことはない。野中の清水が「世間」と対比されています。「曽て」は「知らず」を強める言葉。一切、まったく。

第二句「一掬《いっきく》心は清し野水の湄《ほと》り」。「一掬」はひとすくい。「野水」は野の湧き水、つまり野中の清水です。一口すくって飲むと、心まで清らかになる。単に暑気がやわらぐというだけではありません。精神的な落ちつきを得るからこそ「心は清し」なのです。

当然、「世間の溽暑」もわずらわしさに満ちた人間の社会を指すのではないでしょうか。利にはしり、名声を求め、絶え間ない競争にさらされる俗世は、いたずらに気持ちをいらだたせるだけで安らぎを与えてはくれない。人がごみごみと集まって暮らす場所は、あらゆる意味で暑苦しいのです。そこから逃れるには、美しい自然のなかで時を過ごすのがもっともよい。鷲峰はひととき世捨て人になろうとする心をうたいます。

第三句「草は茵《しとね》の似《ごと》く流れは玉の似《ごと》く」。湧き水の描写です。「茵」は敷物。草が均一にやわらかく生えそろっているさまをたとえたのでしょう。「水の流れが玉のようだ」という比喩は、「破《は》額《がく》山《さん》前《ぜん》碧《へき》玉《ぎょく》流る」、破額山のあたりでは川の流れが碧の宝玉のようだ、という柳宗元《りゅうそうげん》（唐の詩人）の名句に基づくもの。直前に「草は茵の似く」とありますから、岸辺の草が水にうつっているのだと思います。

「玉」は日本でいう翡翠のこと。半透明の深い緑色が印象的な鉱石ですが、中国では古くから金銀と並んで、いやそれ以上に貴ばれてきました。やはり「野水」の清麗高雅を言う表現です。

第四句「涼風坐了《ざれう》して日《ひ》西に移る」。涼しい風が吹くなか、しとねのような草に坐って一日過ごしてしまったよ、もう夕暮れだ。「了」は「してしまった」。文法用語でいう完了をあらわします。

読めばだれでも理解できるかんたんな句だと思われるかもしれません。たしかに内容は分かりやすい。けれども、「涼風坐了」の四字をきちんと味わうには、少しばかり教養が必要です。

朱子学と『近思録』

『近思録《きんしろく》』という中国の書物に、次のような文章があります。

朱公掞《しゅこうえん》明道を汝《じょ》に見る。帰りて人に謂《い》ひて曰く、光庭《くわうてい》 春風の中に在りて坐了《ざれう》すること一《いち》箇《か》月《げつ》と。

（『近思録』聖賢気象篇）

「朱光庭（公掞）は汝《じょ》（地名）に行って、程顥《ていけい》（明道）のもとで学んだ。帰ってきて言うには、『一ヶ月のあいだ、春風のなかに坐っているような気分だった』」。程顥は宋の学者で、朱子（朱熹《しゅき》）の先生にあたります。おだやかでつつみこむような徳があったところから「春風の中に在りて坐了す」と評されたらしい。鷲峰の「涼風坐了して」はこれを踏まえたものです。なるほど程さんも結構だが、水辺の風に一日吹かれてみるのも悪くはないよ。なかなか味のある言いかただと思いませんか。

『近思録』は朱子や周辺の学者が書いた文章、さらには逸話のたぐいを集めて作った本です。彼らの思想を学ぼうとする人にとって必読の文献でした。鷲峰は博覧強記、あらゆる知識に通じていましたが、表芸はあくまで儒。しかも羅山以来、朱子学をもって幕府に仕えた家柄です。『近思録』はただ読むだけでなく、学問上の聖典としてあがめ奉っていたことでしょう。朱子はもとより、程顥についても、偉大な先賢として心から尊敬していたはずです。

それなのにいざ詩をつくる段になると、あっさり聖典をもじる。先賢にひっかけてうまいことを言おうとする。この心意気がうれしいではありませんか。いかにも自由で、ゆとりがあって、茶目っ気に満ちている。

鷲峰は朱子学者です。『近思録』を深く信じ、大切にしていた。しかし決して四角四面のこちこちではない。世の道学先生とはすこし違う。程顥の話がほんとうに好きで、感心していたからこそ、ちょっと詩に流用してみた。パロディを書くことで自分なりの親近感をあらわそうとしたのです。

江戸時代には「青表紙な」という言いかたがありました。当時、儒教関係の書物にはたいてい青色の表紙がついていたらしい。そこで、本ばかり読んでいて融通がきかず、やたらと堅いことばかり並べたて、人情の何たるかをわきまえない無粋な人間をこう呼んだのです。しかし、少なくとも鷲峰は青表紙でなかった。もっとひろやかで、楽しげな人だった。

こちこちでないこと。何ものにもとらわれず、余裕を持って生きること。書くといういとなみを通して、みずらの愛をあらわすこと。鷲峰は儒者であると同時に、いかにも文人らしい文人でした。聖賢の道を奉じていたけれど、杓子定規ではなかった。後生大事に知識をたくわえるだけでなく、それを生かすだけの洒脱《しやだつ》さを持っていたのです。だからこそ彼の詩は読むに値する。遊びごころのないところに文学は存在しないのです。

7　印南鹿鳴

印南野の鹿

五つめは「印南鹿鳴《いなみのろくめい》」。「印南」（印南野）は明石川と加古川のあいだにひろがる台地を指します。現在の地名で言えば神戸市西区、明石市、加古郡稲美《いなみ》町、同播磨町、加古川市、三木市など。

ただし『采邑私記《さいゆうしき》』には

神出《かんで》の庄《しやう》　此《こ》の庄に広野《くわうや》有り。印南野と曰《い》ふ。乃《すなは》ち古歌の称する所なり。（『采邑私記』）

「神出の庄には、古歌にうたわれた印南野がある」と説明があって、どうも西区神出町に限定して考えていたらしい。この本は江戸時代のなかごろ、地元の人が編集したものですから、内容にはかなり信頼が置けます。

そういえば松平信之の別荘も神出にありました。西山宗因を招いて「明石山庄記《あかしさんそうき》」を書かせた、例のあれです。明石の市街地からは十二、三キロ北に離れていますが、「古歌の称する所」として八景に選ばれたとしても不思議ではありません。何しろ、古くはかの人麻呂が「稲日野《いなびの》も行き過ぎかてに思へれば心恋しき加古の島見ゆ」、印南野を離れがたく思っていると、心恋しい加古の島が見える、と詠んでいますし（『万葉集』）、『枕草子』にも「野は嵯峨野さらなり。印南野。交野《かたの》。狛野《こまの》。飛火野《とぶひの》……」とあって、歌枕《うたまくら》としての知名度は抜群です。

ただし「印南鹿鳴」との関係では、人麻呂や清少納言よりもむしろ『後撰集《ごせんしゅう》』のほうが大事なのではないでしょうか。こんな作品がありました。

かり人の尋《たづ》ぬる鹿は印南野にあはでのみこそあらまほしけれ

（『後撰集』、よみ人知らず）

ちょっと見たところでは「鹿は狩人にねらわれているので、印南野で顔を合わせたりしたくないだろう」と言っているようですが、詞書《ことばがき》には「女のほかに侍《はべ》りけるを、そこにと教ふる人も侍らざりければ、心づから訪《とぶら》ひて侍りける返事《かへりごと》につかはしける」、女がよそに行ってしまって、居場所を教えてくれる人もいない。やむなく男から手紙を出したところ、返事として送ってきた歌、とあります。つまり男女関係にかかわる内容らしい。

ならば、「かり人」には「狩人」だけでなく「かりそめの心で女に手を出す男」という意味も含まれるはずです。「鹿」は作者である女自身。「印南野」には「否《いな》み」（拒否する）が掛かっているのでしょう。「あなたは狩人みたいに私を追いもとめています。でも、誠意のない人はいや。もうよりを戻すつもりはありません。顔も見たくない。印南野の鹿だって、狩人には遭《あ》いたくないと思っているはずですよ」。

男にとっては遊びだったのでしょう。女を軽んじるようなことが度重《たびかさ》なってついに家出してしまった。あわててご機嫌を取る手紙を書いたけど、向こうにしてみれば今さら「愛している」だなんてしらじらしいにもほどがある。あなたとはもうおしまい、と手きびしく別れの歌を送ってきた。

ほんとうのことを言えば、ここからが男の腕の見せどころ。なだめたりすかしたり、口説《くぜつ》の末によろしく色模様などあったはずながら（なかったかな?）、結局ことがどうはこんだかは不明です。けれども、わたしたちにとって重要なのは、千年前の痴話喧嘩によって鹿と印南野が結びついたという事実でしょう。『後撰集』は『古今集』の続篇としてつくられた勅撰集です。和歌のお手本として平安貴族たちにひろく読まれ、尊重された書物ですから、明石八景を選ぶときもかならずや参照されたに違いありません。やはり恋は偉大なのです。

鳳岡の詩

「印南鹿鳴」は鵞峰の息子である林鳳岡《ほうこう》（一六四五—一七三二年）の詩を読んでみましょう。

印南渺渺浩無邊　　印南渺々浩《べうべうかう》として無辺、
遊鹿吟秋往又還　　遊鹿《いうろく》秋を吟《ぎん》じ往《ゆ》きて又た還《かへ》る。
滿野鋪青草茵軟　　満野《まんや》青を鋪《し》きて草茵軟《さういんやは》らかに、
相攸宜對玉川眠　　攸《ところ》を相《さう》し宜《よろ》しく玉川《ぎよくせん》に対して眠るべし。

印南野は渺茫《びようばう》とはてしなく、鹿は秋に感じて鳴声を立てながら行き来する。草のしとねは野原中青を敷きつめたようにやわらかだが、寝る場所を選ぶなら玉のごとく清らかな川の前がよかろう。

第一句「印南渺々浩《べうべうかう》として無辺」。「渺々」は遠く遥かなさま。「浩」は広いこと。「無辺」は果てしない様子。つまり、この句は三通りの表現を使って「印南野は広い」と言っているらしい。どうもまどろっこしいですね。作者の未熟さがうかがえます。

第二句「遊鹿《いうろく》秋を吟《ぎん》じ往《ゆ》きて又た還《かへ》る」。「遊鹿」は行き来する鹿。これも後半の「往きて又た還る」と重複しています。「秋を吟ず」は、発情期を迎えた牡鹿《おじか》の鳴声を「まるで詩人が秋の風情を吟ずるかのようだ」と見立てたもの。印南野は果てしないので、鹿はあっちに行ったりこっちに行ったりしながら秋景色をうたう。

第三句「満野《まんや》青を鋪《し》きて草茵《さういん》軟《やわ》らかに」。「満野青を鋪く」は「野原中、敷きつめたように緑の草が生えている」の意。「茵」は敷物ですから、草がやわらかく、坐ったり寝転んだりするのにぴったりだ、と言いたいのでしょう。「遊鹿」の気持ちになって印南野を眺めた描写です。

第四句「攸《ところ》を相《さう》し宜《よろ》しく玉川《ぎょくせん》に対して眠るべし」。「攸《ところ》を相す」は場所を選ぶこと。中国の『詩経《しきょう》』という書物に出てくる表現をそのまま使っています。「宜しく玉川に対して眠るべし」は、直訳すると「『玉川』と向きあって眠るのがよかろう」。これだけではよく分かりませんが、じつは典拠が踏まえられています。

唐の詩人、盧仝《ろどう》に「山中」という七言絶句があります。

飢拾松花渴飲泉
偶従山後到山前
陽坡草軟厚如織
因與鹿麛相對眠

飢《う》ゑては松花《しようくわ》を拾ひ渇《かつ》しては泉を飲み、
偶ゝ《たまたま》山後よりして山前に到る。
陽坡《やうは》草軟《やは》らかくして厚きこと織るが如《ごと》く、
因《よ》りて鹿麛《ろくべい》と相対《あひたい》して眠る。

「空腹になれば松の花を食べ、咽《のど》が渇《かわ》けば川の水を飲む気ままな暮らし。たまたま山の奥から手前のほうへやってきた。日のあたる岡にはやわらかな草がびっしり生えていて、まるで織りあげた敷物みたい。さあ、ここで鹿と向きあって眠ろう」(『聯珠詩格』)。鳳岡は「鹿麛《ろくべい》と相対《あひたい》して眠る」という結びの句を下敷きにして「宜しく玉川に対して眠るべし」とうたったのです。

「玉川」は玉のごとく美しい川。印南野の中に流れているのでしょう(野中の清水のことかも)。ただしもうひとつ含みがあって、盧仝自身を指します。彼は「玉川子」という雅号を持っていました。つまり、いにしえの詩人は

「草がやわらかくて敷物みたいだから、鹿といっしょにここで寝よう」と詠んだが、印南野もまさにそのとおり。「遊鹿」たちよ、よい場所を選んだものだ。さあ、盧仝と向きあうようにせせらぎのかたわらで眠りなさい、というわけです。

父の褒めことば

鳳岡の詩はしかるべき典拠に基づいてきちんと題を詠みこなしていますし、それなりに工夫もあって、一定の水準には達しています。ただ「上手いのか」と訊かれるとつらい。前半の二句に重複が多く、冗長な印象を与えることはすでに指摘したとおり。描写は平板だし、言いまわしがおもしろいわけでもなく、発想はありきたりで、正直なところ凡作です。

何がいけないのか。たぶん七言絶句を一首作るだけの内容が思いうかばず、「どこかで聞いた月並みな表現」で埋めあわせしたのでしょう。だから表現が水っぽいのです。読んでいてもしらけてしまって、詩の世界に陶酔できない。

才能ということもありますし、二十六歳という若さでは仕方のない面もあったに違いありません。しかし、鵞峰は鳳岡の原稿を見て「句格平淡、喜ぶべし」、あっさりとしておだやかな格調があると喜んでいます（『国史館日録』）。うーん、ああいうのは「平淡」というより、むしろ退屈というべきなんじゃないかな。親の欲目というのはおそろしい。一代の碩儒《せきじゅ》もわが子には甘かった。

ただ、これには多少の事情があります。鳳岡はもともと次男で、上に梅洞《ばいどう》という兄がいました。祖父羅山も認めた俊才で、林家の三代目として父を支え、『本朝通鑑』の編纂に従事するなど将来を嘱望《しょくぼう》されていたのですが、寛文六年（一六六六）、二十四歳の若さで亡くなってしまいます。鵞峰の嘆きは言うまでもなく、一時は幕府の御用も手につかないありさまでした。

明石八景の詩が詠まれたのは、その三年後。鳳岡が林家の学問を守るため必死にはげんでいた時期にあたります。梅洞を失った痛手から立ちなおりきれない老父としては、少しずつ後継者の道を歩みはじめた次男が心からいとおしかったのでしょう。

「句格平淡、喜ぶべし」という鵞峰の文章は、まるで自分自身に向かって「だいじょうぶ、この子はきっと林家を守ってくれる。今はまだ修行中だが、きっと立派な三代目となるに違いない。ほら、詩だってまずまずの出来じゃないか」と言いきかせるかのような響きがあります。子ゆえの闇と笑うなかれ。家を継ぐことに重きが置かれていた時代、親の心配はひととおりでなかったはず。常にも似ぬ批評眼のくもりがかえって哀れをもよおすではありませんか。

鳳岡はのちに儒者として大成し、徳川綱吉、吉宗らに重用されて、林家隆盛の基《もとい》をきずきました。幕命によって湯島聖《ゆしませい》堂《どう》をひらき、多くの門弟を育てたことは彼のすぐれた功績です。思わぬ運命に見舞われながら、子としてみごと期待に応えたというべきでしょう。

印南野の風景（神戸市西区神出町宝勢《かんでちようほうせい》）。「印南野」はかなり広い範囲を指す名称だが、『采邑私記《さいゆうしき》』には神出庄の古新田村、新新田村のあたりと記されているので、新々田というバス停の傍にあるため池から南東の方角を写真に収めた。ちなみに古新田村は松平信之の開拓事業によってできた村（著者撮影）。

8　尾上鯨音

尾上の鐘

六つめは「尾上鯨音《おのえのげいおん》」です。尾上は現在の加古川市。明石から二十キロほど離れているうえに、江戸時代には姫路藩領だった場所ですが、細かいことは気にせず明石八景に入れたらしい。「鯨」は撞木《しゅもく》（鐘をつく木）のことですから、「鯨音」といえば鐘の音を指します。

ちなみに、尾上はもともと「峰の頂《いただき》」をあらわす言葉。ただし『古今集』に「かくしつつ世をや尽くさむ高砂の尾上に立てる松ならなくに」、高砂の峰の上の松みたいにひとり年老いて一生を送るのだろうか、という歌があったせいで（よみ人知らず）、時代がくだるにつれ実在の地名と考えられるようになりました。要するに野中の清水と同じ口ですね。江戸時代には加古川の東側、高砂にほど近いあたりが尾上とされ、海ぎわに美しい松林がひろがっていたらしい。『播州名所巡覧図絵《ばんしゅうめいしょじゅんらんずえ》』には「深林広大にして翠色《すゐしよく》波にあらふ」と記されていて、隔世の感があります。

尾上の鐘については平安末期の『千載集《せんざいしゅう》』に

高砂の尾上《をのへ》の鐘の音すなり暁《あかつき》かけて霜や置くらん　（『千載集』、大江匡房）

「高砂の尾上の鐘が音を立てているようだ。朝方にかけて霜が降《お》りたのだろうか」とうたわれており（霜が降りると、鐘がひとりでに鳴ると信じられていた）、明石八景を選ぶ際にはこれが意識されたのでしょう。作者大江匡房《おおえのまさふさ》は当時を代表する漢学者であり、和歌の名手でもありました。

ちなみに加古川市内の尾上神社には古い銅鐘（重要文化財）がつたわっています。匡房の詠んだ「尾上の鐘」だと考える人もいるようですが、一方では異論もあってなかなか断定的なことは言いづらい。『千載集』の歌が有名になったせいで後から鐘を探してきた可能性も否定できません。一種の伝説ととらえておくのが無難です。

竹洞の詩

さて、今回は竹洞の詩を読んでみることにしましょう。

櫻雲漏影外山霞　　桜雲《あううん》影を漏らす外山の霞、
殷殷華鯨日已斜　　殷々《いんいん》たる華鯨《くわげい》日已《すで》に斜めなり。
一杵卻疑花十八　　一杵《いつしよ》却《かへ》つて疑ふ花十八《くわじふはち》かと、
香風傳響遶高砂　　香風《かうふう》響きを伝へて高砂を遶《めぐ》る。

白雲のような桜の輝きが、外山《とやま》に立つ霞の隙間からこぼれている。鳴りひびく鐘の音、日はすでに傾いた。ひとたび撞《つ》けば、その響きはかぐわしい風に乗って高砂中をゆきめぐる。はて、これは花十八の舞なのだろうか。

第一句「桜雲《あううん》影を漏らす外山の霞」。「桜雲」は咲きほこる桜を雲にたとえた表現。「影」は光。ここではかがやくような花のすがたを指します。「外山」は人里近くにある、あまり高くない山。『扶桑名勝詩集』には「トヤマ」と仮名が振ってありました。

おそらく竹洞は、

高砂の里 ↓ 霞のかかった外山 ↓ 尾上の峰の桜

という位置関係を念頭に置いていたのではないでしょうか。高砂の里から尾上の桜を眺めようとするけれど、あいだにある「外山」に霞がかかってはっきりと見えない。花の雲は隙間からちらりとのぞくだけ。でも、美しい。

これは

高砂の尾上《をのへ》の桜咲きにけり外山《とやま》の霞立たずもあらなん

（『後拾遺集』、大江匡房）

「尾上の山の桜が咲いた。花が見えなくなるので、外山に霞が立たなければいいのだが」という古歌の発想を借りたものです。作者は先ほど紹介した大江匡房。『百人一首』にも選ばれた有名な作品で、江戸時代の注釈には

高き山の桜咲きそめたるを、ここより見んとすれば、それよりこなたに低《ひき》なる山の峰に霞の立ち隠すを侘《わ》びて、「外山《とやま》の霞立たずもあらなん」と制するなり。物見の庭にても、わが前なる人の立ちふさがるをば制する、その心に同じ。

「高い山（尾上）の桜が咲きはじめたのをここから眺めると、あいだにある低い山（外山）に霞がかかっていたため、残念がって『外山の霞よ、立たないでくれ』と言ったのである。何かを見物するとき、自分の前に人が立ちふさが

『播州名所巡覧図絵』より「尾上社」。当時は境内右手にある小屋に鐘が展示されていたらしく、見物人が集まっている。現在では本殿奥に近代的な収蔵庫が設置されているが、それ以外の建物の配置はこの絵からほとんど変化していない（神戸学院大学蔵）。

らないよう制止するのと同じことだ」と説明しています（下河辺長流《しもこうべちょうりゅう》『百人一首三奥抄《さんおうしょう》』）。

なお、いちおう補足しておきますと、実際の尾上に山はありません。名前とはうらはらにごく平坦な地形で、「外山」など薬にしたくても見あたらない。竹洞は匡房の歌をもとに空想をふくらませたのでしょう。何度もいうとおり、江戸時代の人々にとっては、目の前の風景より古典のなかでどう描かれているかが大事だった。かりに尾上が海抜二メートル地帯にあったとしても、『百人一首』に「高き山」としてうたわれている以上、そちらが優先されるのです。

第二句「殷々《いんいん》たる華鯨《くわげい》日已《すで》に斜めなり」。「殷々」は音の大きなさま。「華鯨」は模様のついた鐘と撞木。ただし、ここではもっぱら音色を指します。「日已に斜めなり」とありますから、夕暮れを知らせるためにつく入相《いりあい》の鐘ですね。

前半の二句は「鐘の音が外山の霞を破るので、裂け目から桜の花が見える」と言いたいのだと思います。いささか突飛に感じるかもしれませんが、漢詩の世界にはどうやらそういう表現があったらしい。室町時代の本には「華鯨吼破《くわげいこうは》す五雲の紅《くれなゐ》」、鐘の響きが五色の雲を突きやぶる、なんて作品が載っていました（『中華若木詩抄』）。

花十八の舞

霞が破れるとどうなるのか。桜がちらりとのぞくだけではありません。後半を読んでみましょう。

第三、四句「一杵《いつしよ》却《かへ》つて疑ふ花十八《くわじふはち》かと、香風《かうふう》響きを伝へて高砂を遶《めぐ》る」。これは倒置的な表現で、「一杵香風響きを伝へて高砂を遶る、却つて花十八かと疑ふ」とでもしたほうが分かりやすい。「一杵」は鐘をひとつきすること。殷々たる響きによって霞に隙間が生じ、漏れだした「香風」が高砂の里を駆けめぐる。「香」は花の香りでしょう。さらに鐘の声も風に乗って遠く伝わってゆく。

前に説明した三層の構造（高砂の里 ↓ 霞のかかった外山 ↓ 尾上の峰の桜）を思いだしてください。尾上の山には桜が咲いているのに、あいだにある外山の霞が邪魔して、高砂の里には音も香りも届かない。ようやく「一杵」が風穴をあけてくれた、というのが後半の趣向です。

それでは「却つて疑ふ花十八かと」とは何の謂《い》いか。「却つて疑ふ」は半信半疑の推測。「ひょっとすると……ではあるまいか」という口調です。問題は「花十八」で、これが難しい。最初読んだときはぼくもちんぷんかんぷんでしたが、調べてみると舞楽の名前だというではありませんか。つまり、竹洞は「高砂の里を駈けめぐる香風は、もしや花十八の舞ではないか」とうたったのです。

物の本によると、花十八はもともと「六么《りくよう》」という曲の一部で、前後十八拍あるためにそう呼ばれたとか。清の大学者、兪樾《ゆえつ》は「宋代の人は実際に見たことがあるらしいが、以後は絶えて詳細が分からない」と考証しています。

宋が滅んだのは西暦一二七九年ですから、もちろん竹洞だって知っているはずなんかない。わざわざこの曲名を持ちだしたのは、やはり春の「香風」にふさわしいと思ったからでしょう。

和歌と漢詩

もっとも字面《じづら》だけでいえば、竹洞の詩は次のように解釈することもできます。外山に桜が咲き、さらに霞もかかっている。高砂からは花が見えなかったが、鐘が鳴ったおかげで隙間ができた――。要するに

高砂の里 ↓ （外山の）霞 ↓ 外山の桜

という位置関係でとらえて、尾上の場所についてはあまり深く穿鑿《せんさく》しないわけです。

どちらがいいか、ぼくもかなり悩んだのですが、やはり匡房の歌が気になる。竹洞は明らかに「外山の霞立たずもあらなん」を本歌取りしています。それなら「高き山」（尾上の峰）と「低《ひき》なる山」（外山）の対比も引きつがれたと見るのが自然でしょう。尾上で咲いていたはずの桜が、漢詩になったとたん外山に移動するというのは、どうも釈然としない。ですから、この本ではあえて先に述べたような読みかたをしておきたいと思います。間違ってたらごめんなさい。

しかし、竹洞という人は歌の道にも相当通じていたのでしょうね。「尾上鯨音」ではそうした素養をうまく生かして、じつに優美な作品世界をつくりあげています。なかでも「桜雲影を漏らす外山の霞」「香風響きを伝へて高砂を遶る」といった華やかで繊細な描写は、まさしく日本的な抒情としか言いようがありません。はかなくたおやかな心の動き、あざやかな印象、匂いたつような官能性。彼の詩にはどこか中国ばなれしたものがあると感じるの

は、ぼくだけでないはずです。

9　絵島晴雪

絵島の雪

七つめは「絵島晴雪《えじまのせいせつ》」。絵島は淡路島の北端（淡路市岩屋）にあり、古くから歌枕としてしたしまれてきました。周囲四百メートルほどの小さな島で、ほとんど岩といったほうがいいくらい。今では陸から地つづきになっています。江戸時代も末に近いころの名所案内ですが、『淡路国名所図絵《あわじのくにめいしょずえ》』という本には「磯《いそ》に続きて海の方《かた》へさし出《いで》たる島山」としたうえで、

滑らかなる碧《みどりのいし》の光り輝き、巌《いはほ》高くそびえ、土《つち》赤く、黄にして、また黒きところあり。そのなかに一塊《いつくわい》の丹《あかき》石《いし》ありて、赤珠《しやくじゆ》の凝《こ》り聚《あつ》まれるがごとし。また海より寄せくる波に石面《せきめん》を磨きて画文《ぐわぶん》をあらはし、自《おのづか》ら種々の象《かたち》をなすこと、あたかも彫れるごとく、絵《ゑが》くがごとく、玲瓏《れいろう》として愛するに比類なし。

「なめらかな緑色の石が輝き、土は赤、黄、黒で、ひとかたまり赤い石もある。岩肌が波に磨かれ、模様がうかびあがっているさまは、人の手で彫りつけたようでもあり、あるいはまたわざわざ描いたようでもある」と説明してあります。「自ら種々の象《かたち》をなす」ところから絵島という名前が出たのかな？

雪との組みあわせでは『千載集《せんざいしゅう》』に

『淡路国名所図会』より「岩屋浦絵島」。左側に砂浜を隔ててそびえる小さな岩山が絵島。砂岩の層から浸《し》みだした鉄分が帯状の模様を描き、きわめて印象的な外観である。満潮時になると砂州は海面下に沈み、より島らしくなる（神戸学院大学蔵）。

播磨《はりま》潟《がた》須磨の月夜め空冴《さ》えて絵《え》島《じま》が崎《さき》に雪降りにけり

（『千載集』、藤原《ふじわらの》 親隆《ちかたか》）

「須磨の月が冴え冴えと空を照らしている。絵島では雪が降ったのだなあ」と詠んだ例がありますから、「晴雪」はこれを踏まえたものでしょう。空は晴れあがり、積もった雪が皎々《こうこう》と輝く景色を想像してください。

　ちなみにこっそり補足しておくと、「絵島晴雪」と「尾上鯨音」は明石藩の名所ではありません。絵島は徳島藩、尾上は先ほど紹介したとおり姫路藩に属していました。明石八景としてはいささか看板に偽りありという気がしなくもないですが、鷲峰の序文にははっきり「其《そ》の眺望する所に就《つ》きて其の殊秀《しゅしゅう》を択《えら》びて」とあります。

　どうやら、松平信之は「明石藩の八景」を選んだのではないらしい。もちろん「明石郡の八景」でもなくて、これは「明石から見える八景」なのです。たしかに尾上や絵島は隣の藩だけど、昔から有名な歌枕だし、せっかくなら数に入れてしまおう。なーに、かまうもんか。平気、平気。そもそも明石藩は七万石。八つぜんぶ自前でまかなうにはちょっと所帯が小さすぎた。人のふんどしで相撲《すもう》を取りやがってという批判もあるでしょうが、分相応なところで風流を尽くそうという志は悪くありません。なかなかさばけた殿さまではありませんか。

竹洞の詩

「絵島晴雪」では明石から海を隔てて眺めた風景がうたわれます。竹洞の詩を読んでみましょう。

碧波湧出水精宮
繪島雪晴千頃空
江面雲開誰後素
松間歸棹一簑翁

碧波《へきは》湧出《ゆうしゆつ》す水精宮《すいせいきゆう》、
絵島《ゑじま》雪は晴る千頃《せんけい》の空、
江面《かうめん》雲開きて誰《たれ》か素《そ》より後《のち》にせん、
松間《しようかん》の帰《き》棹《たう》一簑翁《いちさをう》。

どこまでもつづく空のもと、絵島の雪は晴れた。まるでみどりの波間から水晶の宮殿があらわれたかのよう。海峡の雲が消え、銀世界がひろがる。このうえそれに何を付けくわえようというのか。松の木の間から見えるのは、簑を着て港へと帰ってくる老漁師の姿。

第一句「碧波《へきは》湧出《ゆうしゆつ》す水精宮《すいせいきゆう》」。「水精宮」は水晶でできた宮殿。ふつうは天上にある仙人の住まいとされます。ただし、竹洞の場合は「水の精たちの宮殿」という意味も含むのでしょう。「水晶でできた竜宮城が波の下から湧きだした」。

一体、そんなことが現実にあるのか。目をこらしてみると、海の彼方にうかぶ絵島だと気づきます。すなわち第二句「絵島《ゑじま》雪は晴る千頃《せんけい》の空」。「頃」は広さの単位。おおよそ現在の二万坪《つぼ》にあたるのだとか。「千頃の空」はどこまでもつづく青空をいうのでしょう。降りしきる雪がやんでようやく視界がひらけ、蒼天のもと忽然《こつぜん》と島影があらわれる。白く輝くすがたはさながら水晶の宮殿が浮かびあがったようだ、というわけです。

第三句「江面《かうめん》雲開きて誰《たれ》か素《そ》より後《のち》にせん」。「江」は本来大河をあらわしますが、ここでは明石海峡を指します。「江面雲開きて」は「海峡にかかっていた雪雲が消えて」。

問題はその後、原文でいうと「誰後素」の三字です。『論語』を典拠とした表現ですから、説明の都合上、まずはもとの文章を引用しておきましょうか。

> 子夏《しか》問ひて曰く、巧笑倩《かうせうせん》たり、美目盼《びもくはん》たり、素以《そもつ》て絢《あや》を為《な》す。何の謂《い》ひぞやと。子曰く、絵事《くわいじ》は後素なりと。曰く、礼は後《のち》かと。子曰く、予を起こす者は商《しやう》か。始めて与《とも》に詩を言ふべきのみと。　（『論語』八佾篇）

子夏というのは孔子のお弟子さんです。先生にこんな質問をした。「『かわいい口もと、瞳はぱっちり。おしろいで綾をつける』という詩がありますが、何が言いたいのでしょう」。

孔子、「絵を描くときは『後素』するじゃないか」。

子夏、「つまり、徳を養うのが肝心で、礼は最後の仕上げ、ということですか」。

孔子、「子夏（商）と話していると刺激を受けるね。君となら、ともに詩を論じることができる」。

子夏が引用したのは、おそらく当時の恋歌だと思います。相手がいかに美人であるか、褒めちぎった詩ですね。けれども、彼はそこから何か教訓を読みとれないかと考えたらしい。特に「素以《そもつ》て絢《あや》を為《な》す」、もともとかわいいのに、おしろいをはたいてさらに綾をつける、という句に着目した。

孔子はたとえ話で答えます。「絵で『後素』するのと同じだ」。ふつうはこれを「絵事《くわいじ》は素《そ》を後《のち》にす」と訓《よ》んで、「彩色したあとで白い絵の具を塗る」と解釈します。美人がお化粧をして一層きれいになるみたいに、絵を描くときは仕上げに白を足して画面を引きしめる。しかし、飾りが効果を発揮するのはもとがいいからであって、小手先で上辺《うわべ》をつくろっても意味がありません。

子夏が「礼は後なのですね」と確認したのも同じこと。人格や道徳がそなわっていないのに、礼だけ身につけたのでは偽善者です。人間はまず根本を確立しなければならない。どれだけ白く塗ったところで、絵が下手なのは隠しようがないのですから。お化粧や行儀作法に気をつかう前にもっと大事なことがある。

朱子の解釈

中国では長いあいだ、孔子と子夏の問答を右のように解釈してきました。通説であったと言っていいでしょう。ところが宋のころ、朱子（朱熹《しゅき》）が『論語集注《ろんごしっちゅう》』をあらわすと、まったく新しい読みかたが登場します。

彼は「後素」を「素《そ》より後《のち》にす」、つまり「絵を描くときには、下地を白く塗った後で彩色する」の意だと考えました。それまでと順序を逆にしたのです。したがって「素」は物事の本質、根幹をあらわし、『論語』の例でいえば、美しい容貌や立派な人格と対応することになる。一方、おしろい、彩色、礼は最後の仕上げであり、表面的な華やかさを象徴します。

従来の説

（本質的なもの）　目鼻立ち　―　彩色　―　徳義

（最後の仕上げ）　おしろい　―　白　―　礼

朱子の説

（本質的なもの）　目鼻立ち　―　白地　―　徳義

（最後の仕上げ）　おしろい　―　彩色　―　礼

お気づきになったでしょうか。「白（地）」と「彩色」の位置づけが入れかわっています。

朱子の注にはときどきこういう強引なところがあります。だいたい「素より後にす」なら「後於素」と書くはずですし、「素以て絢《あや》を為《な》す」と「絵事は後素なり」の掛詞《かけことば》を無視して解釈するのも納得がゆきません。しかし、とにかく大先生の仰ったことですから、後世、朱子学者の多くは『論語集注』の読みに従うようになりました。竹洞をはじめ林家の面々もたぶん例外ではなかったはず。

そこでようやく「絵島晴雪」の詩にもどるのですが、「誰後素」の三字はやはり朱子の注を踏まえて「誰か素より後にせん」とするのが穏当でしょう。「白色（雪）の後に何か付けくわえることは、だれにもできない」。海峡の雲は晴れ、雪におおわれた絵島が見える。造化という名の画工があたりを白一色に染めあげて、まるで水晶づくりの宮殿が浮かびあがったかのよう。本当はさらに彩色をほどこして絵を仕上げるのだけど、あまりに美しくて、もはや何もつけ足す必要がない、というわけです。

なぜこれほど完璧なのか。答えは第四句にあります。「松間《しょうかん》の帰《き》棹《たう》一簑《いちさ》翁《をう》」。松のあいだから見えるのは、蓑を着た老人が舟を漕ぎつつ帰ってくるすがた。漁師か、船頭でしょうか。はかない境涯がかえって世捨て人めいた印象を与えます。

海上に白くかがやく絵島、波の碧、松の青、そしてぽつんと浮かぶちっぽけな舟。自然の雄大さと人間のささやかないとなみを対比することで、日常を離れた詩的な雰囲気が生まれてきます。風景の美に脱俗の趣がともなって、まさしく一幅の絵と呼ぶにふさわしい。「一簑翁」によって全体がぐっと引きしまり、画竜点睛の感がある。あたかも二十八字のうちに別乾坤《べつけんこん》を建立して、五彩の絢爛《けんらん》は自ら心眼に映ずるがごとく……、これなら「もう何も付けくわえなくていい」とうそぶいたところで、どこからも苦情は出ないでしょう。

10　赤石浦月

明石浦の月

八つめは「赤石浦 月《あかしのうらのつき》」。「赤石浦」は漠然と明石郡一帯の浜辺をいうのでしょう。古くから月の名所として知られていました。たとえば平安中期につくられた『後拾遺集《ごしゅういしゅう》』には、源 資綱《みなもとのすけつな》という人が湯治のため「播磨の明石」へ来た際、都の知人に贈った

おぼつかな都の空やいかならむ今宵《こよひ》明石の月を見るにも

（『後拾遺集』、源資綱）

「今夜、明石の美しい月を眺めていると、都の空が気にかかるよ」という歌が載っていますし、『源氏物語』のなかでも光源氏が明石の海を眺めて

のどやかなる夕月夜《ゆふづくよ》に、海の上曇《くも》りなく見えわたれるも、住み馴れ給《たま》ひし故郷《ふるさと》の池水《いけみづ》、思ひまがへられ給ふに、言はむかたなく恋しきこと、いづかたとなく行方《ゆくへ》なき心地《ここち》したまひて、ただ目の前に見やらるるは、淡路島な

りけり。

（『源氏物語』明石巻）

「のどかに照らす月の光によって、海が一面くもりなく晴れわたる。ああ、京の邸《やしき》の池もこのようであったかと思いだすにつけ、故郷を懐かしむ心をおさえきれないが、目の前に見えるのはただ淡路島ばかり」と感傷にふけっています。

上手下手を問わないなら、明石の月を詠んだ歌はほとんど無数にあると言っても差しつかえありません。八景をしめくくる題材としていかにもふさわしい。

宗因の句

まずは宗因の句を読んでみたいと思います。

月もこのところや思ふ明石《あかし》潟《がた》

月もこの土地柄を考えて、明石潟を明るく照らしているのだろうか。

「潟」は浜辺にひろがる干《ひ》潟《がた》のこと。「浦」を示唆する言葉です。『万葉集』にも「明石《あかし》潟《がた》潮干《しほひ》の道を明日よりは下笑《したゑ》ましけむ家近づけば」、潮の引いた明石潟を明日からは喜んで歩いてゆこう、もうすぐわが家にたどりつくのだから、という歌があり（山部赤人《やまべのあかひと》）、文学的な表現としてよく用いられました。

「月もこのところや思ふ」、明石が月の名所であることを考えて、というのが宗因の趣向でしょうね。つづく「明石潟」は「明し」の掛詞《かけことば》。つまり、「明るい」という地名を意識して月も皓々と輝いているのだろう、場所柄おぼろにかすんだ光ではふさわしくない、と機知をはたらかせたのです。

もともと明石が月の歌枕《うたまくら》として有名になったのは、音の響きによるものでした。例えば『金葉集《きんようしゅう》』のなかで平忠《たいらのただ》盛《もり》が

有明《ありあけ》の月もあかしの浦風に波ばかりこそよると見えしか　（『金葉集』、平忠盛）

「その名のとおり朝方でさえ月の光が明るいので、岸に寄せる波だけが夜のように見える明石よ」とうたっているように。平安時代の歌人にとっては「明し」という掛詞が何より重要で、景色の美しさなど二の次なのです。

宗因はこうした文学的伝統にしたがって「明石潟」の句を詠んだに違いありません。連歌師の例に漏れず、彼もまた豊かな教養を身につけた古典主義者でした。月だって「このところ」の由緒をわきまえているというのは、いかにも江戸時代の人らしい洒落《しゃれ》です。

鷲峰の詩

掛詞は基本的に和歌の技巧ですから、漢詩に使うことはできません。当然、同じ「赤石浦月」を扱っても鷲峰の詩は宗因と異なった手法を採ります。今度はそちらを読んでみましょう。

赤石浦晴月滿舟　　赤石《あかし》の浦《うら》晴れて月舟《ふね》に満ち、
無雙光景競清遊　　無《む》双《さう》の光景清遊《せいいう》を競《きそ》ふ。
雲霞倒影層波底　　雲霞《うんか》倒影《たうえい》す層波《そうは》の底、

蟾窟鱗宮一色秋　　蟾窟鱗宮《せんくつりんきゅう》一色の秋。

明石の浦は晴れあがり、月光が舟いっぱいに差しこむ。ならぶものなき佳景のなか、人々は風流の遊びをきそうのだ。かさなる波の底には雲や霞がさかさまにうつって、月宮も竜宮もみなひといろの秋。

第一句「赤石《あかし》の浦《うら》晴れて月舟《ふね》に満ち」。空は晴れ、月影が舟を満たす。いかにも明石らしく、海に漕《こ》ぎだして空を眺めています。ちなみに松平信之は「あかし丸」という船に乗って浜遊びを楽しんだのだとか（『誹林一字幽蘭集』）。

第二句「無双《むさう》の光景清遊《せいいう》を競《きそ》ふ」。「無双」は「並ぶものがないほど優れている」の意。「清遊」は風雅の遊び。すばらしい眺望のなか、どの舟も競うように風流を尽くしている。杯を挙げ、詩を作り、清談にふける様子が目にうかぶようです。

第三句「雲霞《うんか》倒影《たうえい》す層波《そうは》の底」。「倒影」はさかさかまに映ること。「層波」はかさなる波。つまり「層波の底」は海底。空にあるはずの雲や霞が波の下にうつっている。海の水も、月の光も、それほど澄んでいるのです。

第四句「蟾窟鱗宮《せんくつりんきゅう》一色の秋」。「蟾窟」はひきがえるの住むほら穴。中国の伝説では月を指します。「鱗宮」は魚の宮殿。皎々と輝く光が海にうつって竜宮城まで秋めく、というのでしょう。第三句を見事に生かした結びですね。

難しい典拠を使うわけでもなく、あっさりと詠んでいますが、「蟾窟鱗宮一色の秋」という幻想的な描写に捨てがたい魅力のある詩だと思います。ただ、前半は今ひとつ感心しません。表現も発想も型どおりで鵞峰らしくない。八景のしめくくりというので、少し肩に力が入りすぎたのでしょうか。何かもう一工夫あってもよかった気がします。

鳳岡の詩

ついでに鳳岡の詩も見ておきましょう。

月晴赤石浦邊秋
上下明明一色浮
萬里蒼波風不起
白雲如洗水晶樓

月は晴る赤石浦辺《あかしほへん》の秋、
上下明々《めいめい》として一色浮《うか》ぶ。
万里《ばんり》の蒼波《さうは》風起《おこ》らず、
白雲洗《あら》ふが如《ごと》し水晶《すいしやう》楼《ろう》。

秋、明石の浦に月は晴れ、空も海もひとつになって明るく輝いている。波風はどこまでも穏やかで、雲を洗いながしたかのように水晶の宮殿がそびえたつ。光に満ちた明石城だ。

第一句「月は晴る赤石浦辺《あかしほへん》の秋」。「月は晴る」は雲ひとつない空に月が輝くさま。明石の浦の美しい秋景色です。第二句「上下明々《めいめい》として一色浮《うか》ぶ」。「上」は天、「下」は海。天上の月は海面に向かって光を投げかける。すべてが白く輝いているかのようだ。鷲峰の「雲霞倒影す層波の底、蟾窟鱗宮一色の秋」によく似ています。お父さんの原稿を借りて参考にしたのかもしれません。

第三句「万里《ばんり》の蒼波《さうは》風起《おこ》らず」。どこまでもつづく海原に風は吹かず、はげしい波も起こらない。むろんこれは単なる自然描写ではなく、世の中が治まっていることの暗喩。

第四句「白雲洗《あら》ふが如《ごと》し水晶《すいしやう》楼《ろう》」。「白雲洗ふが如し」は「（空は）白雲をきれいさっぱり洗いながしたかのようだ」の意。第一句「月は晴る」といささか重複します。「水晶楼」は人見竹洞の「絵島晴雪」詩にも出てきましたが、水晶でできた宮殿。天上にあって仙人が住まうところとされていました。「雲が消えて、月に照らされたその

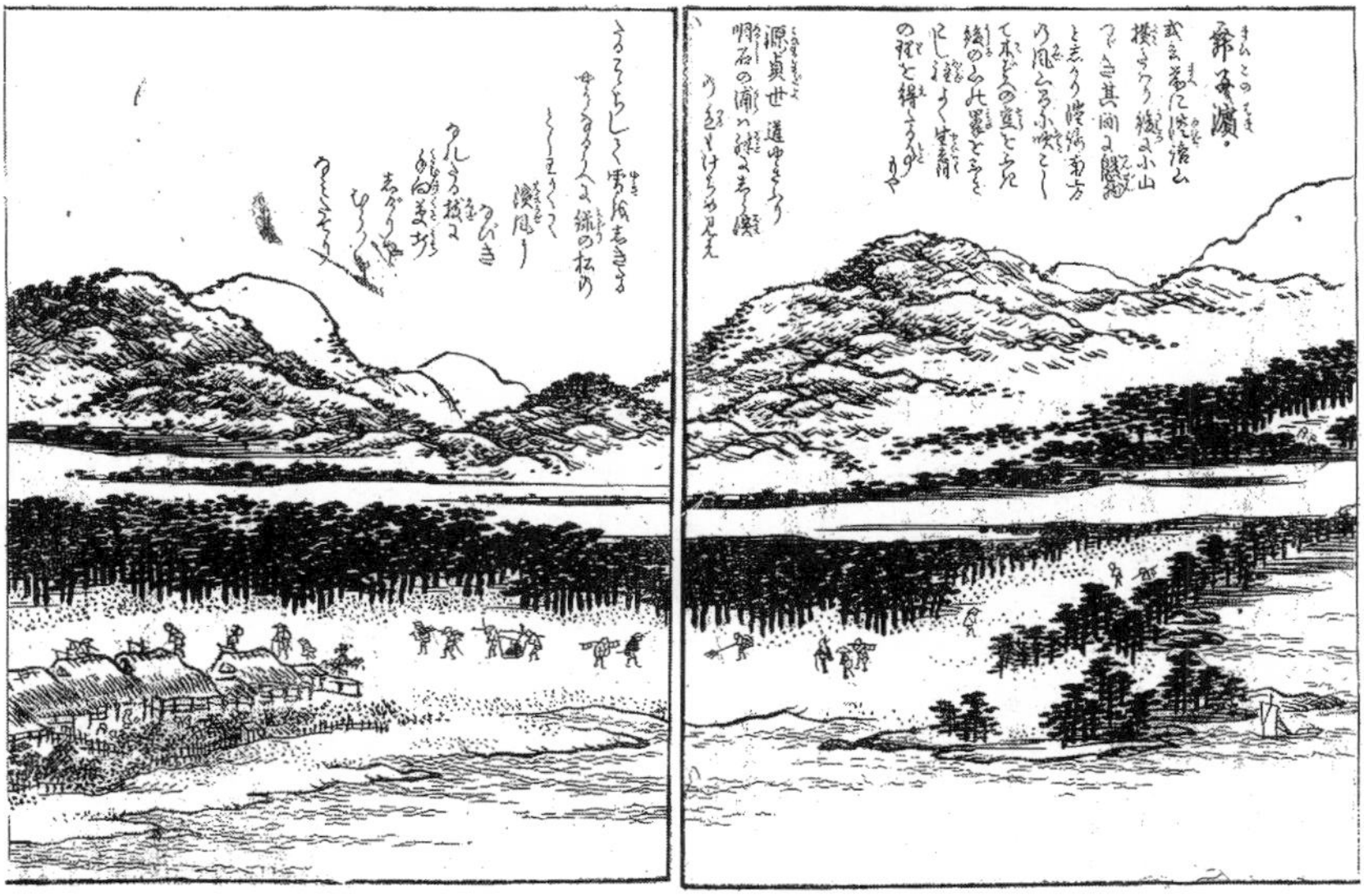

『播州名所巡覧図絵』より「舞子浜」。同書によれば「明石浦」は明石郡の海岸全体を指す名称とのことなので、もっとも有名な舞子浜を挙げることにした。大蔵谷の西、須磨との境にあり、古くから景勝地として知られる（神戸学院大学蔵）。

建物は、まるで水晶でできた仙宮のようだ」。

「世の中がよく治まっている」という第三句の内容を踏まえると、「水晶楼」はおそらく明石城を指すのでしょう。つまり、後半二句は松平信之の政治を讃え、言祝《ことほ》いでいるのです。いわば依頼主に対する挨拶みたいなもの。「赤石浦月」は八景の総仕上げですから、「それもこれもみな殿さまあってのこと」とよいしょするにはうってつけの位置でした。竹洞の「赤石浦月」詩にも似た表現があります。

政治としての詩

ちょっと漢詩の注文をもらったぐらいで「白雲洗ふが如し水晶楼」だなんて、いくらなんでもお世辞がすぎる、阿諛《あゆ》追従《ついしょう》のたぐいではないか、と思われるかもしれません。むろんそうした要素も否定できないのですが、一方でわれわれはもうすこし当時の文学意識について考えてみる必要があります。

現代人にとって詩といえば、およそ政治からもっとも縁遠いもののひとつでしょう。けれども、儒教的な世界観においては詩こそが政治だった。『詩経《しきょう》』という本の序文にはこんなことが書いてあります。

詩は感情を表現したものだが、人の心は世相から影響を受ける。したがって「治世の音は安くして以《もっ》て楽しむ。其《そ》の 政《まつりごと》 和すればなり。乱世の音は怨みて以て怒《いか》る。其の政乖《そむ》けばなり」、平和な時代の詩は政治がととのっているので楽しげであり、乱れた時代の詩は政治が曲がっているから怒りを含む。また、亡国の民がつくった詩は悲しみを帯びるだろう。逆にいえば、文学によって世の中を改めることもできるのだ。そこで古代の王たちは人の道を正し、教えをゆきとどかせ、社会をよりよくするために詩を用いた——。

根本にあるのは、「詩は志《こころざし》の之《ゆ》く所なり」という発想です。詩と心は連動している。だから、よい作品を読めば人の心がよくなるし、ひいては世の中が治まってゆく。詩に怒りや悲しみがあらわれているとしたら、上に立つものはおのれを省みなくてはなりません。

江戸時代の知識人は、けっこう本気で文学は政治の手だてだと信じていました。あるいは、少なくとも表向き信じるふりをしていた。明石八景はたしかにお大名の道楽ですが、一方で「人倫を厚《あつ》うし、教化を美にし、風を移し俗を易《か》ふ」(『詩経』大序)という政治性を含んでいたのです。橋を架けたり、田畑を開墾したり、悪人を捕まえたりするだけでなく、「安くして以て楽しむ」詩をひろめてこそ本当の名君と言える。

鳳岡が信之をたたえた背景には、こうした儒教的な意識があると思います。領内を安定させ、人々の暮らしに心を配るだけでなく、文学を正しいものにしようとする志。「水晶楼」の人はそれを兼ねそなえている。だからこそ四海波静かにて、空には一片の雲すらないのです。くもりなく明石の浜辺を照らす月影は、あたかも信之の明徳を象徴するかのようではありませんか(殿、わたくしめもちょっとばかりおべんちゃらを申しあげておきました)。

11　美意識の「型」

風景を鑑賞する

あちこち寄り道しながら、どうにか最後までたどり着くことができました。もう一度、明石八景の内容を振りかえっておきましょう。

「仙蹤朝霧《せんしょうのちょうむ》」は朝霧の柿本神社《かきのもとじんじゃ》。『古今集』に収められた人麻呂の歌が典拠です。

「大倉暮雨《おおくらのぼう》」は夕暮れの雨が降る大蔵谷《おおくらだに》。足利尊氏の故事を踏まえて、薄暗く、見通しの悪いイメージで詠まれます。

「藤江風帆《ふじえのふうはん》」は藤江の港に帆をあげる舟。『万葉集』以来の名物である鱸《すずき》をあしらってありました。

「清水夕陽《しみずのせきよう》」は夕陽の差しこむ野中の清水。日が落ちるころ、湧き水の涼しさが際立ちます。

「印南鹿鳴《いなみのろくめい》」は印南野に鳴く鹿。情緒纏綿《てんめん》たる秋の景色です。

「尾上鯨音《おうえのげいおん》」は尾上の鐘の音。高砂に近く、桜をうたった名歌がありますから、この二つは忘れず取りあげておきたい。

「絵島晴雪《えじまのせいせつ》」は晴れわたった絵島の雪。白一色の美しさをどう表現するかが工夫のしどころです。

「赤石浦月《あかしのうらのつき》」は明石の浦に輝く月。地名のなかに「明し」が含まれていますから、皎々と照らす月影を描くのがお約束。

こうして見てくると、明石八景には共通した特徴があることに気づきます。たとえば「藤江風帆」なら単に藤江という地名だけでなく、それを「風帆」（舟）といっしょに詠みなさい、鑑賞しなさいという指定がある。さらにまたはっきりと明文化されているわけではありませんが、『万葉集』以来の伝統なのだから、できれば鱸と組みあわせたら？」とお節介まで焼いています。

あなたがもし「ひろびろとした草原に白い雲が浮かんでいる景色が美しい」と思っても、そんな勝手は許されません。「藤江風帆」なのだから、海を眺めなくてはいけない。何か魚をあしらいたいなら、鯛でも、蛸《たこ》でも、鮪《まぐろ》でもなく、鱸が唯一の選択肢なのです。

美意識の型

根底にあるのは「物事を自分が感じたままに鑑賞するのははしたない」という考えかたです。歌枕は作法に則《のっと》って味わうべきであり、人は皆それをわきまえておく必要がある。風景鑑賞はあたかも茶の湯のようなもので、茶碗は二回半まわして正面を避けるとか、最後の一口だけ音を立てて吸いこむとか、きっちり型が決まっていたのです。現代人にとってどれほど不自由で、ばかばかしく、無意味に感じられたとしても、茶席で「どうせ味は同じなんだから、ハンドミキサーで点《た》ててください」という理屈が通じないように、江戸時代の人にとっては「藤江に蛸」なんて取りあわせはありえなかった。

明石八景だけではありません。お手本とされた瀟湘八景《しょうしょうはっけい》、近江八景《おうみはっけい》でも事情は同じです。「遠浦帰帆《えんぽのきはん》」「矢橋帰帆《やばせのきはん》」というふうに、かならず「帰帆」を愛でるべき場所が決まっていた。いや、風景に限らず、前近代の社会において「美の型」はいたるところに存在したのです。

たとえば現代の画家はふつう、自分がきれいだと思ったもの、素晴らしいと信じるものを描きます。セザンヌみたいにリンゴやビスケットを描く人もいれば、佐伯祐三みたいに路地裏の壁を描く人もいて、ときどき何がいいのか本人にしか分からないモチーフもありますが、世間の側も「芸術ってそういうものなんだ」と納得している。むしろ奇抜であればあるほど芸術的なのかもしれません。

ところが、江戸時代以前の絵はまったく様子が違いました。山の奥にある隠者の庵とか、武田信玄が上杉謙信の刀を軍配で受けるところとか、あるいは松の木に遊ぶ鶴といった具合に、とにかく型通りの図柄しか手がけなかった。画家の個性なんてものはほとんど意味をなさず、お仕着せの題材をこなすことが大事だったのです。

なぜこんなことになるのか。理由はかんたんで「絵に描くならこれがいちばんいい」という定番が存在したからです。花は桜木、人は武士。なずなの花や鍛冶屋のおじさんでは絵にならない、という共通認識があった。一方、現代人は「何を美しいと感じるかは人それぞれだ」と考える。当然、芸術に定番など存在するはずもないし、今さら謙信信玄の図なんぞ描いたりすれば、月並み、通俗、陳腐《ちんぷ》と酷評されるのがおちです。

しかし、雪舟や光琳《こうりん》にしてみれば話はまったく逆だった。鶴を描くなら、松の木に止まらせるのがいちばん引きたつ。ほかの植物ではどうもさまにならない。だからこそ「松に鶴」が固定した組みあわせになっている。絵師というのはそうした型を熟知し、画面上に再現してゆく職人だったのです。

共有される美

文学だって同じこと。たとえば『奥の細道』に出てくる曽良《そら》の句「松島や鶴に身を借れほととぎす」。松島ではほととぎすも鶴に身を変えてくれだなんて、まさしく型の最たるものです。松に鶴はあっても、松にほととぎすはおかしいよ、と冗談を言っているわけですから。

「鶯《うぐひす》の逢《あ》うて帰るや冬の梅」（蕪村）なら梅に鶯でしょうし、「奥山に紅葉《もみぢ》踏み分け鳴く鹿の声聞くときぞ秋は悲しき」（猿丸大夫《さるまるだゆう》）なら紅葉に鹿。探せば萩《はぎ》に猪《いのしし》だって見つかります。「夏の野の萩の初花《はつはな》折り敷かん臥《ふ》す猪《ゐ》の床《とこ》に枕並べて」（慈円《じえん》）。何だか花札《はなふだ》みたいですが、じつはあれだってれっきとした芸術的伝統に則《のっと》って作られているんです。思えば昔の人は風流なものでした。美意識の約束が博打《ばくち》にまで流用されている。花札に「松に鶴」や「梅に鶯」が刷ってある事実は重要です。なぜなら、オイチョカブやコイコイに興じる人たちは別に芸術家というわけではありません。絵も描かないし、発句《ほっく》も作らない。だけど彼らは「鶴を鑑賞するときには、松と取りあわせるのがもっとも美しい」という感覚を共有している。「梅にほととぎすは変だ」ということも理解している。

たしかに型は伝統のなかから生まれてくるものです。しかし、特別な知識人や芸術家だけが独占していたわけではありません。皆がわきまえておくべき常識として、花札を引く人でさえ心得ていた。考えてみればあたり前のことですが、いくら画家が「松に鶴」を描いたところで買い手がちんぷんかんぷんでは意味がない。芸術作品が型に沿って生みだされるのは、鑑賞する側もその取りきめを承知しているからなのです。

別の言いかたをすれば、明石八景のころ、美は社会的に共有されるべき価値であり、「何を美しいと感じるか」という基準は個人がめいめいに決めるものではなかった。いや、基準だけではありません。どんな対象と組みあわせ、いかなる視点から見ればより美しく感じるか、すなわち鑑賞法にまで型があったのです。あたかもそれはマナーやしきたりみたいなもので、気に入らなくても自分の一存で変えるわけにゆかないし、無視すれば非常識な人だと思われかねない、まことに厄介な「お作法」だった。

『古今集』の伝統

このような「型」は、いったいどこから生まれてきたのでしょうか。

日本の場合は割にはっきりしていて、おおむね『古今集』（およびそれにつづく勅撰和歌集《ちょくせんわかしゅう》）が起源だと言えます。

たとえば「梅に鶯」なら

梅《うめ》が枝《え》に来ゐる鶯春かけて鳴けどもいまだ雪は降りつつ　（『古今集』、よみ人知らず）

あたりから始まった組みあわせに違いない。天皇の命令で作られた『古今集』は『万葉集』以上の権威を持っていたため、美の規範として後世につよい影響力を及ぼしたのです。

たとえば『古今集』には幸せな恋の歌がほとんど出てきません。片想いか別れのつらさ、捨てられる恨みばかりで、平安人は「二人の愛は永遠なの。わたしたち今とっても幸せ」といったお惚気《のろけ》を詠まなかった。おかげでこれが日本文学における恋の型になりました。紫式部も、世阿弥も、近松もきそって悲恋ばかり書いたのはそのせいです。

恐ろしいことに、近代に入っても『古今集』の呪縛は解けていません。流行曲をごらんなさい。藤山一郎からあいみょんまで、テーマは一貫して「好きだから苦しい」ではないですか。着てはもらえぬセーターを編まなきゃならないのも、最後のキスは煙草の匂いがするのも、ぼくが君の運命の人ではないのも、みんな紀貫之のせいなのです。われわれにとって、幸福な恋はどうも間が抜けて見える。詩情に乏しく、歌になりづらいとすり込まれているらしい。

型の衰退

もっとも、流行歌や花札はかなり特殊な例外です。現代人はたいていの場合、美意識に型があるとは思っていない。藤江といえば鱸《すずき》なんてお約束はもう誰も知らないし、聞いただけでも面倒そうだと敬遠してしまう。近代以前の日本が型だらけだったのに比べると、たいへんな変わりようです。

理由はいろいろに説明できます。戦後になってものの考えかたが自由になった影響もあるし、カウンター・カルチャーへの評価や教養主義の衰退も指摘できるでしょう。しかし、本質的には近代の日本が進んで西洋文明を受けいれ、ヨーロッパ芸術を模倣したことに最大の原因があります。

何しろ明治の人は生真面目《きまじめ》ですから、列強に追いつくには小説や絵画や音楽もあちら並みにならなくちゃいけないと考えた。フランスやドイツに留学して必死に勉強した結果、彼らは気づいたのです。「西洋芸術には型がない」と。

そこで松だの鶴だのはよしにして、ありきたりの日用品、たとえばリンゴと葡萄酒《ぶどうしゅ》の瓶なんかをモチーフにするようになった。『古今集』みたいな恋は古くさくなって、姪《めい》と密通してフランスに逃げる中年男の告白とか、女弟子に捨てられて布団の匂いを嗅《か》ぐ小説家の話を書くことにしたわけです。

風景もまた例外ではありません。須磨や明石のような歌枕《うたまくら》は時代遅れとばかり、まだ誰も褒めていない処女地を探すのが大いにはやりました。十和田《とわだ》湖や尾瀬、軽井沢などはその代表格で、江戸時代には無名の山野に過ぎなかったといいます。

日本の近代文化は、いわば伝統的な型を葬《ほうむ》りさって更地《さらち》になったところから始まったのでした。

ただし、ここで少しだけ補足しておくと、西洋にも美意識の型はあります。宗教画で百合の花が描かれていれば純潔の寓意ですし、詩のなかで菫《すみれ》はしばしば「人目を避けるような清らかさ」（ワーズワース）をあらわす、というふうに。ことに十八世紀以前にはこの傾向が強く、芸術作品は社会的に共有された約束ごとに沿ってつくるのが普通でした。

けれども日本が明治維新を迎えた十九世紀なかば、西洋では浪漫《ろまん》主義が猖獗《しょうけつ》をきわめ「型や約束なんて無意味だ。芸術はただ天才の個性と霊感によって生みだされる」という考えかたが流行していました。はじめて舶来の芸術に触れたご先祖さまたちはもろに影響を受け、自分の感性にしたがって表現することだけが大事だと早合点して、「松に鶴」や「萩に猪」をことごとく否定したのです。

小学校のとき、図工の授業で「誰かの真似でなくて、あなたの感じたものをあなたらしく、自由に描けばいいのよ」と言われた経験はありませんか。こうした指導は明らかに浪漫主義的な芸術観に基づくものです。昔の西洋人なら、あるいは江戸時代の日本人なら、きっと「絵というものは、何をモチーフにして描くか決まっているんだ。まずはそれを覚えようね」と教えることでしょう。

二つの近代文化

もっとも芸術というのは高尚なものです。特に明治、大正のころはほとんど知識人の専有物でした。ですから、いくら作家や絵描きが「西洋には型がないのだから、これからは日本もその真似をしよう」と訴えたところで、庶民にはぴんとこない。彼らは新しい小説なんか読まないし、油絵も買いません。クラシックを聴きにいくこともなければ、新劇にも縁遠かった。代わりに俳句をたしなみ、掛軸やふすま絵を注文し、歌舞伎と浪花節《なにわぶし》と講談本を楽しんだ。

かくして日本の近代文化は二つに乖離《かいり》してゆくことになります。知識人たちは西洋の影響を受け、型を否定し、個性を尊重する芸術を作りあげた。海彼の最新理論に基づいて、先進的かつ荘重な文化を生みだそうと努力したのです。

一方、ごくふつうの人々は江戸以来の文化を引きつぎました。偉い先生の奇抜な表現は難しくてよく分からないし、昔ながらの風流を味わうほうが安心できる。リンゴに葡萄酒の瓶ではちっともめでたくない、お定まりの松に鶴がいいというわけで、彼らは型のほうについた。花札や流行歌のようなサブカルチャーに『古今集』の伝統が残っているのはそのせいです。

近代日本の歩みは、知識人の文化が少しずつ庶民の文化を駆逐してゆく過程だったと言えるでしょう。花札がトランプに取ってかわったように、わたしたちのまわりから型は次第に失われていった。

ですが、完全になくなったわけではありません。いくらルノアールの裸婦がきれいだからといって、年賀状に刷る人はまずいないでしょう。やはり初日の出とか、松竹梅とか、鶴亀でないと収まりがつかない。桜を愛でながら一杯やるのはいかにも洒落《しゃれ》ていますが、じゃがいもの花を見ながら酒盛りする人はいないみたいです。どうやら現代人はまだ心の底で伝統的な型を信じていて、しかし近代的、知識人的な芸術観にそぐわないため、やむなく「めでたい」「風流」といった言葉でお茶を濁しているらしい。

12　明石八景と松平信之

規範としての型

ところで、美意識の型が人々のあいだに浸透してゆくと、どんなことが起こるのでしょうか。

話を芸術に限定しなければ、ある価値観が社会のなかでひろく共有されている例は現代にもあります。道徳やマナー、ならわし、しきたり、対人関係や世渡りの常識。要するに「借りたものはかならず返す」とか、「お香奠《こうでん》は水引《みずひき》を掛けた袋に入れる」とか、「夜、爪を切ってはいけない」といった決まりごとのたぐいで、無視すると何らかのかたちで周囲の糾弾を受けることになる。笑いものにされたり、怒られたり、ときにはお巡《まわ》りさんに捕まったり……。

価値観を共有しようとしない人は、暗黙のうちに「わたしたちの仲間ではない」と見なされます。程度が軽ければ「物知らず」「変人」で済みますが、実害がありそうなときは村八分になり、うんと危険な場合には法律によって取りしまりを受ける。明治、大正の昔ならともかく、一夫一婦制が普通になった世の中で「奥さんのいる人と恋したっていいじゃない」などと主張したらどうなるか、今さら言うまでもありません。

社会的に共有された価値観は規範（ルール）としての側面を持っています。「こいつと付きあってゆくのは不安だ」と思われないように、人々は「型」に従おうとする。きちんと守れば褒めてもらえるし、意図的に逸脱したときにはなにがしかの罰が与えられます。いわゆる世間の目というやつですね。

近代以前の日本においては、美意識もまた一種の規範にほかならなかった。かりに「松にほととぎすでもいいじゃないか」などと口走ろうものなら、社会の決まりごとに異をとなえる変人として白眼視されること受けあいです。幸福な恋を歌に詠んだりしたら、物知らずとたしなめられてしまうんじゃないか。

現代人にはいささか理解しがたい態度かもしれませんが、よく観察してみると今でも似たような感覚は残っています。たとえば友達といっしょに鮨屋《すしや》へ行ったとしましょう。席についてお銚子のひとつも頼み、さあ握ってもらおうということになる。鯛、平目、つづいて鮪《まぐろ》が出たところで、相手がやおら練乳を取りだし「赤身の魚にはね、これが合うんだよ」と言いはじめたら、あなた不安になりませんか。見れば鮪のうえにはもうとろりとした甘い液体がたっぷり掛かっている。……ぼくならたぶんその男との付きあいを考えなおすだろうな。

鮨に練乳を掛けるのは、法律に反する行為ではありません。道徳に外れているわけでもなければ、行儀が悪いというのとも違う。あえていえば「常識がない」という表現が一番ぴったりきます。些細な食の好みとはいえ、社会の価値観を踏みにじって平然としている鈍感さ（もしくは居直り）が恐ろしい。こういう男は、ほんのちょっとしたきっかけで人の道に背《そむ》くのではないかと心配になる。何より生理的に受けつけない。ついには「あいつ、まともじゃない」という話になりかねません。

もうひとつ例を挙げてみましょう。世間にはよく女の子に花の名前を付ける人がいます。桃子とか、小百合とか、さくらとか、それぞれ親心があらわれていて微笑ましいですが、もし友達に「わたしはドクダミの花がきれいだと思うから、娘の名前はドクダミ子にしたいんだけど」と打ちあけられたら、あなたはどうしますか。

なるほど、何を美しいと感じるかは自由であり、つねづね個性が大切だと主張しているからには、表立って「ドクダミ子」に反対する理由はないはずです。けれども聞いてしまった以上、心おだやかではいられないのもまた事実。赤ちゃんの将来が心配になってくるし、親に対して人格的な疑問さえ感じてしまう。

ドクダミの花がきれいだというのは美意識の問題です。しかし、それが世間の通念からずれていたせいで批判を受けるのなら、この場合「何を美しいと感じるか」はなかば倫理道徳にひとしい重みを持つと言えるでしょう。

近代以前の社会において、「松にほととぎす」という組みあわせは、鮨に練乳、娘にドクダミ子ちゃんみたいなものだった。単に常識がないというだけではない。世間公認の価値観に対して喧嘩を売り、社会の安寧秩序を根底から揺るがそうとする物騒な行為なのです。当然、そんなことするやつはろくでなし、不逞《ふてい》の輩《やから》、潜在的な謀《む》反人《ほんにん》にほかなりません。美意識の型は文化的な教養であり、たしなみであると同時に、ルールであり、規範であり、道徳でもあったのです。

為政者の使命

ここでようやく明石八景の話にもどるのですが、松平《まつだいら》信之《のぶゆき》は「みんなが鑑賞すべき領内の風景」を選んで一覧にした。それはある種の「型」であり、江戸時代の社会にあってはいくぶんか規範としての性格も帯びていました。おそらくは藩内にしか通用しない限定的なものであったにしろ、彼は人々が従うべき新たな価値観を生みだしたのです。

たしかに明石八景は大名の道楽に違いありません。しかし信之には「自分が治める土地をどのように鑑賞するのが正しいか、人々に示したい」という欲求があった。下々の無知なる者どもは、放っておくと伊川《いかわ》がきれいだとか、漆山《うるしやま》が見事だとか言いだしかねない（両方ともうちの大学のすぐそばにあります）。領内には『古今集』や『後撰集』にうたわれた名所があるのに、ひとりよがりのお国自慢をならべたてては世間の物笑いではないか。民を善導するのもまた為政者のつとめ。かつは明石にしかるべき文化があることを知らしめんと、お殿さまは「風景の規範」を作ったのです。

もちろん明石八景を無視したからといって、牢屋《ろうや》につながれるわけではありませんよ。いくら封建時代だからといって、そんなむちゃくちゃはできない。けれどもドクダミ子ちゃんの例でも分かるとおり、美意識の型なるものは潜在的な拘束力を秘めています。共同体公認の価値観として人々に服従を求める。明石八景だって、もとをたどれば「野中の清水」だとか、「印南野《いなみの》の鹿」だとか、和歌の伝統に則《のっと》って選んでいるわけですから、相当な権威を持っています。うかつに異をとなえれば公序良俗を踏みにじるならず者扱いされかねない。ここにあるのはほとんど美的な道徳であり、文化的な法であるといっても差しつかえないでしょう。

そう考えると、信之が明石八景を選んだことにも何となく納得がゆきます。法律や道徳によって社会のあるべき姿を指ししめし、人々を共通の価値観へと導くのは為政者の責務だからです。「領内の名所はどことどこを、どんなふうに鑑賞すべきか」という問題は、今で言えば「ジェンダー・ギャップを解消するためにみんなで理解を深めましょう」とか、「市民全体がいじめは許さないという姿勢を示すべきだ」というのに近い。もちろん掛け声だけでは不十分で、女の人を雇った企業に補助金を出すとか、学校に相談窓口を設けたりするのが政治の仕事です。同じように、信之だって鷲峰や宗因に頼んで鑑賞の手引きをつくってもらった。

むろん彼のような文学好きにとって、明石八景が趣味としての側面を持っていたことは否定できません。しかし、心の奥底を探ってみれば、やはりどこかに藩主のつとめという意識があった。民を教えみちびき、正しい文化を明石に根づかせようという志が、殿さまを動かしていたのだと思います。

信之が目指したもの

松平信之は寛永八年（一六三一）、松平忠国《ただくに》の次男として生まれ、父の死後明石藩を相続しました。明石川流域を中心とする治水事業に取りくみ、積極的に新田開発を行ったため、地元ではいまだに名君として慕われています。領内の史跡を整備し、陽明学者として名高い熊沢蕃山《くまさわばんざん》に庇護《ひご》を与えるなど、文化面での功績も見逃せません。

かなり有能な人物であったらしく、延宝七年（一六七九）には一万五千石加増のうえ大和郡山《やまとこおりやま》に国替え。のち老中に任じられ、最後は下総古河《しもうさこが》藩九万石の主となっていますから、明石にいたのは二十年ほど、四十代の終わりまででした。林鳳岡《はやしほうこう》によれば性格は恭謹敦厚《きょうきんとんこう》、貞固剛直《ていこごうちょく》、人の善を聞けば喜ぶこと己《おのれ》のこれあるがごとくであったとか。古武士の風格がありますね。

新田開発や治水事業はもとより、明石八景ひとつとっても、信之が為政者としてみずからの役割を誠実に果たそうとしたことは明らかです。そして、その背景には藩や領民に対する強い愛情があった。

信之は寛文十二年（一六七二）、宗因といっしょにつくった連歌「明石浦人丸社千句」のなかで、次のような句を詠んでいます。

あり経《へ》ん末《すゑ》を祝ふ盃　　頼香
植《う》ゑ立てし若木《わかぎ》も花の紐《ひも》解《と》きて　　信之

来るべき将来を前もって祝う盃、植えておいた若木の桜にも花が咲いたので。

「若木の桜」というのは『源氏物語』を踏まえた表現です。都落ちして須磨にやってきた光源氏が庭に桜の木を植える。一年ほど経《た》った春先、

> 須磨には年返《としかへ》りて、日長くつれづれなるに、植《う》ゑし若木《わかき》の桜ほのかに咲《さ》き初《そ》めて、空のけしきうららかなるに、よろづのこと思《おぼ》し出《い》でられて、うち泣きたまふ折《をり》多かり。
>
> （『源氏物語』須磨巻）

「須磨では新年を迎えてしだいに日が長くなってゆく。植えた若木の桜はほのかに咲きはじめ、空もうららかな折から、さまざまなことを思いだすにつけ自然と涙がこぼれる」。流浪の貴公子は京に帰りたいといって泣くのですが、連歌ではあえてこれを反転させ「都から遠く離れた土地であっても、植えた桜は根づき花を咲かせている。さあ、行く末を祝おうではないか」とうたっています。松平家は明石に来て二代目。まだ若木でしかない。しかし成果は徐々にあらわれて「花の紐《ひも》」も解《と》けはじめた。未来は明るい。

信之は「明石に根をおろし、自分のなすべきつとめを果たしたい」と考えていたのです。腰掛けのつもりで適当に政治をするのではなく、骨を埋める気概をもって仕事に取りくんだ。いささか現代人と感覚の違う部分はあるにしろ、彼が今いる場所を愛し、少しでもよくしたいという願いを抱いたことは疑いありません。

明石八景もまた「若木の桜」であろうとする信之の情熱が生みだしたものです。たしかに不滅の名作とは言いづらい。人麻呂や『源氏物語』に比べるとどうしても見劣りする。でも、明石に住む人が明石を思う気持ちからつくった文学として、読むだけの価値はじゅうぶんにあります。和歌や漢詩になじみがないからといって、忘れさってしまうのはあまりにもったいない。――鷲峰たちがうたった風景は、四百年の時をへだててなおわたしたちの目

の前にひろがっているのですから。

主要参考文献

『扶桑名勝詩集』三巻、京都吉田四郎右衛門、延宝八年刊
富士川英郎・松下忠・佐野正巳・入谷仙介編『詩集日本漢詩』（汲古書院、一九八五―九〇年）
山本武夫校訂『史料纂集　国史館日録』（続群書類従完成会、一九九七―二〇〇五年）
尾形仂・島津忠夫監修『西山宗因全集』（八木書店、二〇〇四―一七年）
西川哲矢・中村健史編『采邑私記――翻刻と訓読――』（デザインエッグ、二〇二二年）
中村真理編『神戸学院大学明石ハウス「くずし字解読講座」活動成果報告書『播州名所巡覧図絵』「明石郡」訳注』（神戸学院大学地域研究センター、二〇二一年）

＊

堀川貴司『瀟湘八景――詩歌と絵画に見る日本化の様相――』（臨川書店、二〇〇二年）
鍛治宏介「近江八景詩歌の伝播と受容」（「史林」九六―二、二〇一三年三月）
揖斐　高『江戸幕府と儒学者――林羅山・鵞峰・鳳岡三代の闘い――』（中央公論新社、二〇一六年）
伊藤善隆『初期林家林門の文学』（古典ライブラリー、二〇二〇年）
大庭卓也「「水竹深処」考――人見竹洞の別墅と江戸詩壇――」（「近世文芸」六八、一九九八年七月）
野間光辰『談林叢談』（岩波書店、一九八七年）
尾崎千佳「『明石浦人丸社千句』について」（「連歌俳諧研究」一一一、二〇〇六年九月）
尾崎千佳「『明石浦人丸社千句』について　補正」（「連歌俳諧研究」一一二、二〇〇七年三月）
尾崎千佳「『明石山庄記』の位相――宗因紀行文の主題――」（「国文学　解釈と教材の研究」四二―四、二〇〇七年四月）

二、明石八景　本文と注釈

中村　健史

1　林鵞峰「赤石八景序」

古人謂西州之勝以播州爲最。所以者何則依赤石之境佳也。猶南海有瀟湘、浙江有西湖也。湘也、湖也、古來詩賦文章累牘成堆。然恐未能描盡其美乎。赤石之景題三十一字者雖百千首之多、亦非無餘蘊乎。

【訓読】古人謂《い》へらく西州の勝《しよう》は播州を以《もつ》て最《さい》と為《な》すと。所以《ゆゑ》は何となれば則《すなは》ち赤石の境《けい》の佳《か》なるに依りてなり。猶《な》ほ南海に瀟湘《せうしやう》有り、浙江《せつかう》に西湖《せいこ》有るがごときなり。湘や、湖や、古来詩賦《しふ》文章牘《ふだ》を累《つ》み堆《うづたか》きを成《な》す。然《しか》れども恐らくは未《いま》だ其《そ》の美を描き尽くすこと能《あた》はざるか。赤石の景《けい》三十一字に題する者《もの》百千首の多きと雖《いえど》も、亦《ま》た余蘊《よううん》無きに非《あら》ざるか。

【大意】古人が「西国の名勝は播磨《はりま》をもって第一とする」と言ったのは、明石が風光明媚《ふうこうめいび》だからである。あたかも中国の南海に瀟湘《しようしよう》があり、浙江《せつこう》に西湖《せいこ》があるようなものだ。両地とも昔から数多くの詩文にうたわれてきたが、いまだその美を描きつくせていない。明石を詠んだ和歌は数千、数百とあっても、なお書きもらしたことがらは少なくないだろう。

【語注】○**古人謂…**＝『源氏物語』若紫巻を踏まえるか。人々が光源氏に「西国《にしぐに》のおもしろき浦々、磯の上を言ひ続くる」なかに、良清が「近き所には播磨の明石の浦こそなほことにはべれ」と語る。○**所以者何則**＝「理由はどういうことかというと、つまり」の意。○**瀟湘**＝中国湖南省、瀟水《しようすい》と湘水《しようすい》が洞庭《どうてい》湖に流入する地域を「瀟湘」と呼び、古くから景勝地として有名だった。○**西湖**＝中国浙江省にある湖。やはり代表的な美景の地。○**累牘成堆**＝文章を記したものがうずたかく積みあがる。○**餘蘊**＝あまり。さらに付けくわえるべきもの。

方今城主朝散大夫日州太守源君就其所眺望擇其殊秀而標出八景。其品目皆有所據、有所寓。乃知地以景而勝、景依人而顯矣。所謂朝霧之曙開歌仙之眼、暮雨之淋洗軍將之馬。藤江之廣向北浪之榮、野水之清知西行之心。聽印南之鹿勵源廷尉克一谷之勇、驚尾上之鐘起堤納言感短夜之懷。就中島雪之晴移士峯之影、浦月之光分武藏之明。雪歴千秋而不盡、月照四海而同軌。然則身雖在西鎮心不忘東方、而祝太平之一擧不在茲乎。如余眼不寛、才不足、豈以鄙詞謾黷佳境哉。然高論難拒、短毫憖把云爾。寛文己酉孟夏、弘文院林學士書。

［訓読］ 方今《はうこん》城主朝散大夫《てうさんたいふ》日州《にっしう》太守《たいしゅ》源君《げんくん》其《そ》の眺望する所に就《つ》きて其の殊秀《しゅしう》を択《えら》びて八景を標出《へうしゅつ》す。其の品目皆《み》な拠る所《ところ》有り、寓《ぐう》する所《ところ》有り。乃《すなは》ち知る、地は景を以《もつ》て勝《すぐ》れ、景は人に依りて顕《あら》はるるを。所謂《いはゆる》朝霧の曙《あけぼの》は歌仙の眼《まなこ》を開き、暮雨《ぼう》の淋《さび》しきは軍将《ぐんしやう》の馬を洗ふ。藤江の広きは北浪《ほくらう》の栄えに向《なんな》んとし、野水の清きは西行《さいぎやう》の心を知る。印南《いなみ》の鹿を聴きては源廷尉《げんていゐ》が一谷《いちのたに》に克《か》つの勇を励《はげ》まし、尾上《をのへ》の鐘に驚きては堤納言《ていなごん》の短夜に感ずるの懐《おも》ひを起こす。就中《なかんづく》島雪の晴れは士峰《しほう》の影を移し、浦月《ほげつ》の光は武蔵の明を分《わ》かつ。雪は千秋を歴《へ》て尽きず、月は四海《しかい》を照らして軌《き》を同じうす。然《しか》れば則《すなは》ち身は西鎮《せいちん》に在《あ》りと雖《いへど》も心は東方を忘れずして、太平を祝するの一挙茲《いつきよここ》に在らずや。余《よ》の如《ごと》きは眼寛《まなこひろ》からず、才足《た》らず、豈《あ》に鄙詞《ひし》を以て謾《みだ》りに佳境を黷《けが》さんや。然《しか》れども高諭《かうゆ》拒《こば》み難《がた》く、短毫《たんがう》憖《なまじ》ひに把《と》ると爾云《しかい》ふ。寛文己酉孟夏、弘文院林学士書。

［大意］ 今、城主従五位下《じゅごいのげ》松平《まつだいら》日向守《ひゅうがのかみ》殿（信之）は、その眺望するところにしたがって特に優れたものを選び、八景を定めた。おのおの典拠と寓意《ぐうい》があり、土地の格は佳景の有無によって決まるが、風景の美を見出すのは人であることが分かる。（以下、八景を列挙すれば、）いわゆる朝霧の曙は柿本人麻呂《かきのもとのひとまろ》の目をひらき、蕭然たる夕暮れの雨は足利尊氏の馬を濡らした。広大な藤江の海は繁栄をあらわし、野中の清水は西行の心を理解しただろう。義経

は印南野《いなみの》の鹿の声によって一ノ谷を駆けくだる勇気を得、藤原兼輔《ふじわらのかねすけ》は尾上《おのえ》の鐘によって夏の夜の短かさをさとった。晴れわたる絵島の雪景色はまるで富士山を移したようだし、明石の浦には江戸と同じ月が輝いている。雪は千年経《た》とうとも消えず、月はあまねく天下を照らす。だからこそ日向守殿は西国にあってもつねに将軍家を慕い、太平を祝うためにこの事業を行った。私のごときは見識もせまく能力不足であるから、蕪辞《ぶじ》をつづって好景を汚《けが》すべきではないのだが、下命否《いな》みがたく、しぶしぶ筆をとった次第である。寛文九年初夏、弘文院林学士書。

【語注】　**○朝散大夫日州太守源君**＝松平信之。「朝散大夫」は従五位下。「日州太守」は日向守の唐名。「源」は松平氏の本姓。　**○標出**＝底本は「摽出」につくるが、意によってあらためた。　**○朝霧之曙…**＝伝柿本人麻呂の「ほのぼのと明石の浦の朝霧に島隠れ行く舟をしぞ思ふ」（『古今集』羇旅・四〇九）を踏まえた表現。　**○暮雨之淋…**＝足利尊氏が大蔵谷で「今向かふ方はあかしの浦ながらまだ晴れやらぬ我が思ひかな」（『風雅集』旅・九三三）と詠んだ故事を指す。　**○藤江之廣…**＝この句、よく分からない。「沖つ波辺《へ》波《なみ》静けみ漁《いざ》りすと藤江の浦に舟そ騒ける」（『万葉集』巻六・九三九、山部赤人）を踏まえて信之の施政を讃えたものか。　**○野水之清…**＝西行の「昔見し野中の清水変はらねば我が影をもや思ひ出づらん」（『続後撰集』羇旅・一三一七）に拠る。　**○聴印南之鹿…**＝一ノ谷合戦の際、源義経が土地の猟師に「この崖を鹿が通うことはあるか」と訊ねたところ、「鹿は通ひ候ふ。世間だにも暖かになり候へば、草の深いに臥さうどて播磨の鹿は丹波へ越え、世間だに寒うなり候へば、雪のあさりに食《は》まんとて丹波の鹿は播磨の印南野へ通ひ候ふ」と答えた逸話（『平家物語』巻九・老馬）。「廷尉」は検非違使尉《けびいしのじょう》の唐名。義経のこと。　**○驚尾上之鐘…**＝「堤納言」は藤原兼輔。堤中納言と通称される。清原深養父《きよはらのふかやぶ》の琴を聞いて夜の更けゆくを忘れ、「短夜《みじかよ》の更《ふ》けゆくままに高砂の峰の松風吹くかとぞ聞く」とうたった故事で有名（『後撰集』夏・一六七）。　**○島雪**＝絵島の雪。　**○士峯**＝富士山。　**○浦月**＝明石の浦の月。　**○武蔵之明**＝歌枕として知られる武蔵野の月。　**○雪歴千秋而不盡**＝治世の永続を言祝《ことほ》ぐ表現。　**○同軌**＝『中庸』第二十八章「今天下は車軌《き》を同じうし、書《しよ》文を同じうし、行ひ倫《りん》を同じうす」が典拠。世の中がよく治まっているさま。**〇西鎮**＝明石藩のこと。**〇東方**＝江戸。特に将軍を指す。**〇高諭**＝相手の意向や指示をうやまっていう語。**〇短毫**＝文辞のつたないさま。**〇寛文己酉孟夏**＝寛文九年、すなわち西暦一六六九年。「孟夏」は初夏。**〇弘文院林學士**＝「弘文院學士」は寛文三年（一六六三）、林鵞峰が幕府から与えられた称号。

2　林鵞峰「赤石八景詩」

①　仙蹤朝霧

此地遺蹤柿本仙
閒吟殘夜欲明天
浦邊望入霧中去
傍島移過無數船

此《こ》の地の遺蹤《ゐしよう》柿本の仙《ひじり》、
閒吟《かんぎん》して残夜明《あ》けんと欲する天。
浦辺《ほへん》の望みは霧中に入《い》り去《さ》り、
島に傍《そ》ひて移過《いくわ》す無数の船。

【大意】この地は歌仙人麻呂《ひとまろ》の遺跡。夜もすがら詩をつくるうちに、空ははや明けがたとなった。海辺の眺望は霧にこめられ、島に沿《そ》って過ぎゆく無数の舟が見える。

【注釈】**〇仙**＝「和歌の仙」と呼ばれた柿本人麻呂のこと（『古今集』真名序）。**〇閒**＝「閑」に同じ。**〇殘夜**＝明けがた近い夜。**〇浦邊望入霧中去**＝以下二句は伝人麻呂「ほのぼのと明石の浦の朝霧に島隠れ行く舟をしぞ思ふ」（『古今集』羇旅・四〇九）に拠る。

② 大倉暮雨

大倉谷畔雨霏霏　大倉谷畔《たいさうこくはん》雨霏々《ひひ》として、
行客迷途追落暉　行客《かうかく》途《みち》に迷ひ落暉《らくき》を追ふ。
三草煙籠明石暗　三草煙《けむり》籠めて明石暗《くら》く、
指前顧後露沾衣　前を指し後を顧《かへり》みて露《つゆ》衣を沾《うるほ》す。

【大意】 大蔵谷《おおくらだに》のあたりには雨が降りしきり、旅人は道を失って夕日を追う。三草《みくさ》山にはもやがかかり、明石の里もその名とはうらはらに暗い。前途を指さし、後ろを振りかえりながら進んでゆくと、露は衣をしとどに濡らす。

【語注】 **○畔**＝ほとり。そば。　**○迷途**＝陶淵明「帰去来辞」に「実《まこと》に途《みち》に迷ふこと其《そ》れ未だ遠からず」とある語。
○落暉＝落日。　**○三草**＝三草山（加東市）のこと。　**○明石暗**＝足利尊氏「今向かふ方はあかしの浦ながらまだ晴れやらぬ我が思ひかな」（『風雅集』旅・九三三）を意識した表現。

③ 藤江風帆

雲晴波静夜如何　雲晴れ波静かにして夜如何《いかん》、
小艇隨風片片過　小艇《せうてい》風に随《したが》ひて片々《へんへん》として過ぐ。
猶有漁郎回短棹　猶《な》ほ漁郎《ぎよらう》の短棹《たんたう》を回《めぐ》らして、
仰看江月掛藤蘿　江月の藤蘿《とうら》に掛かるを仰《あふ》ぎ看《み》る有り。

【大意】 雲は晴れ、波も静かな海。風に乗って軽々と進んでゆく舟は、夜、いったいどんな様子であろうか。漁師は短い棹《さお》をめぐらして家に帰り、入江の月が藤づるにかかっているのを見あげる。
【語注】 **○夜如何**＝朱熹「水口舟中」詩に「満江の風浪夜如何《よるいかん》」と見える表現。「夜、（舟は）どんな様子か」の意。
○漁郎＝漁師。　**○江月掛藤蘿**＝木につたう藤蔓《ふじづる》が月をぶらさげているように見える。

④　清水夕陽

世間溽暑不曾知
一掬心清野水湄
草似茵兮流似玉
涼風坐了日西移

世間の溽暑《じよくしよ》曾《かつ》て知らず、
一掬《いつきく》心は清し野水の湄《ほと》り。
草は茵《しとね》の似《ごと》く流れは玉の似《ごと》く、
涼風坐了《ざれう》して日《ひ》西に移る。

【大意】 世間の暑苦しさは一切知らず、ひとすくいすれば心は清らかに澄む。草は敷きもののように美しく、流れは碧玉のように美しい。涼風に吹かれて坐《すわ》っているうちに、日は西にうつろった。
【語注】 **○溽暑**＝蒸し暑いこと。　**○湄**＝水のほとり。　**○茵**＝敷きもの。しとね。　**○流似玉**＝柳宗元「曹侍御《さうじぎよ》の象県《しやうけん》に過《よぎ》りて寄せらるるに酬《むく》ゆ」詩に「破額山前碧玉《はがくさんぜんへきぎよく》流る」とある。　**○涼風坐了**＝朱光庭が程顥《ていけい》の人柄を「光庭春風中に在りて坐了《ざれう》すること一箇月《いちかげつ》」と評した故事（『近思録』聖賢気象篇）。

⑤　印南鹿鳴

廣莫印南遊鹿鳴
秋風添響寄吟聲

広莫《くわうばく》たる印南《いなみ》遊鹿《いうろく》鳴き、
秋風響《ひび》きを添へて吟声《ぎんせい》を寄す。

呦呦爲入雅之什　　呦々《いういう》として雅《が》の什《じふ》に入《い》るが為に、
滿野成羣唯食苹　　満野《まんや》群れを成《な》して唯だ苹《へい》を食《くら》ふ。

[大意] ひろびろとした印南野に遊ぶ鹿の音が、秋風に乗って聞こえてくる。『詩経』に描かれたとおり、ゆうゆうと鳴きながら仲良く群れをなして、原っぱじゅうの草をはむのだ。

[語注] **○廣莫**＝広いこと。　**○吟聲**＝鹿の声。　**○呦呦**＝鹿の和やかな鳴声。後掲「鹿鳴」に「呦々《いういう》として鹿鳴《な》き、野の苹《へい》を食《は》む」とうたわれる。　**○入雅之什**＝「鹿鳴」が『詩経』小雅に収められていることをいう。「什」は雅や頌《しょう》の詩を十首ごとにまとめたもの。　**○苹**＝「鹿鳴」に出てくる草。かわらよもぎ。

⑥　尾上鯨音

霜冴三更嶺月明　　霜冴《さ》えて三更嶺月《さんかうれいげつ》明らかに、
聽驚尾上吼華鯨　　聴きて驚く尾上華鯨《をのへくわげい》の吼《こう》するを。
一鏗高響殷雷發　　一鏗《いつかう》高く響きて殷雷《いんらい》発し、
添得銀濤万頃聲　　添《そ》へ得たり銀濤万頃《ぎんたうばんけい》の声。

[大意] 深夜、霜は冴え、月が明らかにかがやくとき、響きわたる尾上の鐘の音に驚く。ひとたび撞《つ》けば大声を発していかずちのごとく、大海原《おおうなばら》の波とともに鳴りとどろくのだ。

[語注] **○霜冴**＝中国では霜（空中の寒気）が地上にくだって鐘を鳴らすと信じられていた。　**○三更**＝深夜。一夜を五分したうちの第三の時刻。　**○吼華鯨**＝「華鯨」は彫刻を施した撞木《しゅもく》。ここでは転じて鐘の音。「吼」は大鳴

のさまをいう。　○**鏗**＝つく。　○**殷雷**＝鳴りひびく雷。『詩経』召南「殷其雷」に「殷《いん》たる其《そ》の靁《らい》、南山の陽《みなみ》に在り」とある。　○**銀濤万頃**＝どこまでもつづく月下の波。「頃」は広さの単位。

⑦　繪島晴雪

雪後島幽凝遠望
猶如設色有餘粧
此時吟了湘江暮
乍霽描成蘇氏堂

雪後《せつご》島幽《かす》かにして遠望を凝《こ》らせば、
猶《な》ほ設色して余粧《よしやう》有るが如《ごと》し。
此《こ》の時吟了《ぎんれう》す湘江《しやうかう》の暮れ、
乍《たちま》ち霽《は》れては描き成《な》す蘇氏《そし》の堂。

【大意】　雪の後、ぼんやりとかすむ絵島。遠望をこらすと、彩色のうえに白粉《おしろい》をはたいたみたいだ。こんなときは湘江《しようこう》の夕暮れを詠んだような詩ができるが、空が晴れればたちまち蘇氏堂《そしどう》があらわれる。

【語注】　○**設色**＝彩色すること。　○**餘粧**＝絵島の上に雪が積もっているさまを例えた。　○**湘江暮**＝うす暗くくもった夕暮れの絵島を瀟湘八景の「江天暮雪」に例えた。　○**蘇氏堂**＝蘇軾が黄州で住んだ「雪堂」のこと。四壁に隙間なく雪景色が描かれていた（蘇軾「黄州雪堂記」）。ここでは「一面の雪景色」というほどの意味か。

⑧　赤石浦月

赤石浦晴月満舟
無雙光景競清遊
雲霞倒影層波底

赤石《あかし》の浦《うら》晴れて月舟《ふね》に満ち、
無双《むさう》の光景清遊《せいいう》を競《きそ》ふ。
雲霞《うんか》倒影《たうえい》す層波《そうは》の底、

蟾窟鱗宮一色秋　　蟾窟鱗宮《せんくつりんきゅう》一色の秋。

【大意】明石の浦は晴れあがり、月光が舟いっぱいに差しこむ。ならぶものなき佳景のなか、人々は風流の遊びをきそうのだ。かさなる波の底には雲や霞がさかさまにうつって、月宮も竜宮もみなひといろの秋。

【語注】○雲霞倒影＝「雲や霞がさかさまになって海にうつる」の意。○層波＝かさなる波。○蟾窟＝ひきがえるの住む洞穴。中国の伝説では月に「蟾」が住むと考えられたため、ここでは月そのものを指す。○鱗宮＝魚の宮殿。

3　林鳳岡「赤石八景詩」

①　仙蹤朝霧

問起歌林柿大夫　　問起《もんき》す歌林の柿大夫《したいふ》、
紛紛朝霧海之隅　　紛々《ふんぷん》たる朝霧《てうむ》海の隅《くま》。
氛氳一氣未全曙　　氛氳《ふんうん》たる一気未《いま》だ全くは曙《あ》けず、
遙指前洲辨有無　　遥かに前洲《ぜんしう》を指して有無を弁ず。

【大意】朝霧の立ちこめる海の一隅を最初に詠みはじめたのは、歌人柿本人麻呂《かきのもとのひとまろ》。一面にわきおこる靄《もや》のせいで、まだ夜は明けきっていない。遠くの島を指さして、漕《こ》ぎゆく舟を見きわめよう。

【語注】○問起＝問いを発する。提起する。ここではかりに「和歌の題材として明石の浦の景色を取りあげる」の意と解した。　○**歌林**＝和歌の世界。　○**柿大夫**＝柿本人麻呂。　○**紛紛朝霧**＝伝人麻呂「ほのぼのと明石の浦の朝霧に島隠れ行く舟をしぞ思ふ」（『古今集』羇旅・四〇九）を踏まえる。　○**氛氳**＝わきあがるさま。　○**一氣**＝空をおおう朝霧。　○**前洲**＝前方の島。　○**辨有無**＝舟がいるかいないか、見きわめる。

②　**大倉暮雨**

暮風望霽指天關
一雨蕭蕭谷口閒
四面濕雲幽徑暗
人兼飛鳥共知還

暮《ぼ》風《ふう》霽《は》れを望んで天関《てんくわん》を指すに、
一雨蕭々《せうせう》として谷口《こくこう》間《のど》かなり。
四面《しめん》の湿雲幽径《しつうんいうけい》暗く、
人は飛鳥《ひてう》と共に還《かへ》るを知る。

［大意］　夕暮れの風のなか、早く晴れないかと北の空をあおぐが、雨はものさびしく降りつづけ、谷の入口もひっそりしている。四方に立ちこめた雲のせいで小径は薄暗く、人は鳥とともに故郷へ帰らんことを思う。

［語注］　○**天關**＝北斗星。この詩ではもっぱら北の空を指す。　○**閒**＝「閑」に同じ。　○**四面**＝四方。　○**幽徑**＝うす暗い小径。「大倉」という地名に掛けた表現。　○**人兼飛鳥共知還**＝陶淵明「帰去来辞」の「鳥は飛ぶに倦《う》みて還るを知る」が典拠。

③　**藤江風帆**

紫藤簇簇滿江新
雲浪風閒一葉身

紫藤簇々《しとうそうそう》として江に満《み》ちて新たに、
雲浪《うんらう》風間《のど》かなり一葉《いちえふ》の身。

漁父不知人世事　漁父《ぎよふ》は知らず人世《じんせい》の事、
停榜唯與白鷗親　榜《かぢ》を停《とど》めて唯《た》だ白鷗《はくおう》と親しむ。

【大意】 紫色の藤の花が、浜辺のそこかしこで新しくむらがり咲いている。雲も、波も、風も穏やかな海に舟を浮かべる隠者の境涯。漁師は世俗のことに関わりを持たず、楫《かじ》をとどめてただ鷗《かもめ》だけを友とするのだ。

【語注】 ○**簇簇**＝むらがり集まるさま。　○**閒**＝「閑」に同じ。　○**一葉**＝舟。　○**漁父**＝漁師。　○**與白鷗親**＝鷗が機心のある者を警戒し、ともに遊ぶことがなかったという『列子』黄帝篇の故事。特に黄庭堅「演雅」の「江南の野水《やすい》天よりも碧に、中《うち》に白鷗《はくおう》の閑として我に似たる有り」によって有名。

④　清水夕陽

野草綿綿稱意生　野草綿々《めんめん》として意に称《かな》つて生じ、
波紋移色暮雲明　波紋《はもん》色を移して暮雲《ぼうん》明かなり。
世間何處無流水　世間何《いづ》れの処《ところ》にか流水《りうすい》無からん、
添箇斜陽分外清　箇《こ》の斜陽《しややう》を添へて分外《ぶんぐわい》に清し。

【大意】 野の草は長々とのびて思うがままに生えひろがり、川面には暮雲の色がくっきりとうつっている。水の流れはどこにでもあろうが、この夕陽が加わると格別に清らかだ。

【語注】 ○**綿綿**＝長くのびて絶えることのないさま。　○**稱意生**＝我がもの顔に生えひろがる。杜牧「勤政楼《きんせいろう》に過《よぎ》る」詩に「唯だ紫苔《したい》の偏《ひと》へに意に称《かな》ふ有り」とある。　○**箇**＝この。　○**分外**＝格別に。度をこして。

⑤　印南鹿鳴

印南渺渺浩無邊　　印《い》南《なみ》渺《べう》々《べう》浩《かう》として無辺、
遊鹿吟秋往又還　　遊鹿《いうろく》秋を吟《ぎん》じ往《ゆ》きて又た還《かへ》る。
滿野鋪靑草茵軟　　満野《まんや》青を鋪《し》きて草茵《さういん》軟《やは》らかに、
相攸宜對玉川眠　　攸《ところ》を相《さう》し宜《よろ》しく玉川《ぎよくせん》に対して眠るべし。

[大意] 印南野《いなみの》は渺茫《びようぼう》とはてしなく、鹿は秋に感じて鳴声を立てながら行き来する。草のしとねは野原中青を敷きつめたようにやわらかだが、寝る場所を選ぶなら玉のごとく清らかな川の前がよかろう。

[語注] **○渺渺**＝はてしなくひろいさま。　**○鋪靑**＝青々とした草が一面にひろがる様子。　**○茵**＝敷きもの。しとね。　**○相攸**＝場所を選ぶ。『毛詩』大雅「韓奕」に「韓姞《かんきつ》の為に攸《ところ》を相す」とある。　**○對玉川眠**＝盧仝「山中」詩の「陽坡《やうは》草軟らかくして厚きこと織るが如く、因《よ》りて鹿麛《ろくべい》と相対《あひたい》して眠る」を踏まえた表現。

⑥　尾上鯨音

尾上風傳自上方　　尾上《をのへ》風伝《つた》ふるに上方よりし、
華鐘遠報響鏗鏘　　華鐘《くわしよう》遠く報じて響き鏗鏘《かうしやう》たり。
一聲驚破五更夢　　一声驚破《きやうは》す五更《ごかう》の夢、
誤指高砂認曉霜　　誤つて高砂を指して暁霜《げうさう》を認《みと》む。

【大意】 尾上の風は峰から吹きおろし、美しい鐘の音を遠くまで伝える。暁《あかつき》の夢から覚めたとき、高砂の浜に霜が置いたのかと勘違いしてしまった。

【語注】 ○**華鐘**＝模様を鋳込んだ鐘。　○**鏗鏘**＝金玉の声。美しい音色。　○**驚破**＝びっくりさせる。「破」は強意の助字。　○**五更**＝明け方。一夜を五分したうちの最後の時刻。　○**誤指高砂認曉霜**＝大江匡房の「高砂の尾上の鐘の音すなり暁かけて霜や置くらん」（『千載集』冬・三九八）を反転させ「鐘が鳴るからには、霜が降りたのだろう」と推測する。砂を霜と見誤るのは伝統的な趣向。

⑦　繪島晴雪

積雪堆堆初日明
粉粧依様自描成
晴雲添色素爲絢
何問工家不繪清

積雪堆々《たいたい》として初日《しよじつ》明かに、
粉粧《ふんしやう》依様《いやう》にして自《おのづか》ら描き成《な》す。
晴雲《せいうん》色を添へて素《そ》絢《あや》を為《な》す、
何ぞ問はん工家の清《せい》を絵《あが》かざることを。

【大意】 うずたかく積もった雪を朝日が照らし、お手本どおりの佳景が自然と描きだされる。晴れた空に浮かぶ雲は白粉《おしろい》となって絵島を引きたてよう。画家たちがこの清らかさを表現できないのも当然ではないか。

【語注】 ○**堆堆**＝高く積もるさま。　○**初日**＝朝日。　○**依様**＝手本どおりに。　○**素爲絢**＝「晴雲の色が加わることで雪の白さが引きたつ」の意。『論語』八佾篇の「巧笑倩《かうせうせん》たり。美目盼《びもくはん》たり。素《そ》以《もつ》て絢《あや》を為《な》す」が典拠。　○**何問**＝どうして問題にしようか、まったく問題にならない。　○**工家**＝工匠。かりに画工を指すものと解した。

⑧　赤石浦月

月晴赤石浦邊秋　　月は晴る赤石《あかし》浦辺《ほへん》の秋、
上下明明一色浮　　上下明々《めいめい》として一色浮《うか》ぶ。
萬里蒼波風不起　　万里《ばんり》の蒼波《さうは》風起《おこ》らず、
白雲如洗水晶樓　　白雲洗《あら》ふが如《ごと》し水晶楼《すいしやうろう》。

【大意】 秋、明石の浦に月は晴れ、空も海もひとつになって明るく輝いている。波風はどこまでも穏やかで、雲を洗いながしたかのように水晶の宮殿がそびえたつ。光に満ちた明石城だ。

【注釈】 **○一色浮**＝空と海がともに月光に照らされるさま。**○萬里蒼波風不起**＝天下太平の意を含む。**○白雲如洗**＝雲が消え、月をさえぎるもののない様子。**○水晶樓**＝水晶でつくった宮殿。天上の仙宮。月光に照らされた明石城をたとえる。

4　人見竹洞「赤石八景詩」

①　仙蹤朝霧

東方既白大江天　　東方既《すで》に白《しら》む大江《たいかう》の天、
香霧霏霏接水煙　　香霧《かうむ》霏々《ひひ》として水煙《すいえん》に接す。
雲島風帆看不見　　雲島風帆《ふうはん》看《み》れども見ず、
浦頭何處問歌仙　　浦頭《ほとう》何《いづ》れの処《ところ》にか歌仙を問はん。

【大意】 ひろびろとした海峡の空。東のかたはすでに白み、立ちこめた霧が水上のもやと入りまじる。雲のかかった島や風をはらんだ帆は目をこらしても見えない。明石の浦のほとり、どこに歌聖を訪ねればいいのか。

【語注】 ○**東方既白**＝蘇軾「赤壁賦」に「東方の既に白むを知らず」とあるのが典拠。○**大江**＝明石海峡。○**雲島風帆看不見**＝伝人麻呂「ほのぼのと明石の浦の朝霧に島隠れ行く舟をしぞ思ふ」（『古今集』羇旅・四〇九）に拠る表現。「看不見」は「目をこらしても見えない」の意。○**頭**＝ほとり。そば。○**歌仙**＝柿本人麻呂のこと。

②　大倉暮雨

古樹含風倦鳥還　　古樹《こじゅ》風を含んで倦鳥還《けんてうかへ》り、
大倉谷底雨斑斑　　大倉谷底《たいさうこくてい》雨斑々《はんはん》たり。
龍輿西狩漏天蜀　　竜輿西狩《りようよせいしゅ》す漏天《ろうてん》の蜀《しょく》。
日暮雲迷三草山　　日暮れて雲は迷はす三草山。

【大意】 大蔵谷には雨が降りしきり、飛びつかれた鳥は風にそよぐ古樹へと帰る。帝《みかど》の輿《こし》は西のかた蜀の国に落ちのびようとして、夕暮れどき三草山の雲に迷う。（この地で平家は敗れ、安徳天皇の運命は暗転したのだ。）

【語注】 ○**古樹含風**＝方干「竜泉寺絶頂」詩に「古樹風《かぜ》を含みて常に雨を帯《お》ぶ」とある。○**倦鳥還**＝陶淵明「帰去来辞」の「鳥は飛ぶに倦《う》みて還るを知る」に拠る。○**斑斑**＝点々と落ちるさま。○**龍輿西狩漏天蜀**＝「龍輿」は帝王の輿。「西狩」は天子が西にゆくことの婉曲表現。「漏天」は蜀の地が雨がちであることをいう。一ノ谷の合戦に敗れ西国に去った安徳天皇を、安禄山の乱を避け蜀に逃れた玄宗に例える。○**三草山**＝現在の加東市にある。この地で源義経が平資盛《すけもり》を破り、一ノ谷にせまった。

③　藤江風帆

藤江風熟片帆飛
萬里晴波涵夕暉
好有鱸魚起秋思
行舟應是季鷹歸

藤江風熟《かぜじゆく》して片帆《へんはん》飛び、
万里《ばんり》の晴波夕暉《せきき》を涵《ひた》す。
好《よ》し鱸魚《ろぎよ》の秋思を起こす有らん、
行舟《かうしう》応《まさ》に是《こ》れ季鷹《きよう》の帰るなるべし。

［大意］ 藤江の浦には順風が吹き、ひとひらの帆は飛ぶように進む。どこまでもつづく海原《うなばら》の波は夕日をひたすかのようだ。あの舟には、秋になって鱸《すずき》の味を思いだし、故郷へ帰ろうとする人が乗っているに違いない。

［語注］ **○風熟**＝順風が吹くこと。　**○片帆**＝帆をかけた一艘の舟。　**○涵夕暉**＝夕日が今にも波に沈もうとする様子。　**○鱸魚起秋思**＝晋の張翰《ちようかん》が故郷の鱸をなつかしんで職を辞した故事（『晋書』文苑伝、『世説新語』識鑑篇）。底本は「鱸」を「鮃」（「鮓」の誤か）につくるが、意によって改めた。　**○季鷹**＝張翰の字《あざな》。

④　清水夕陽

清流洗耳歩平蕪
古道迢迢日欲晡
碧玉潺湲斜陽影
微風一轉碎珊瑚

清流《せいりう》耳を洗ひて平蕪《へいぶ》を歩み、
古道迢々《てうてう》として日晡《く》れんと欲す。
碧玉《へきぎよく》　潺湲《せんくわん》たり斜陽《しややう》の影、
微風一転珊瑚《さんご》を砕《くだ》く。

【大意】清らかなせせらぎが耳に心地よい。野原を歩くと、古道ははるかにつづき、今にも日が暮れようとしている。夕日のなか、碧玉のような水がさらさらと流れてゆくが、そよ風が吹くとたちまち珊瑚《さんご》は砕けてしまう。

【語注】○洗耳＝尭《ぎよう》から天下を譲ろうと持ちかけられた許由《きよゆう》が潁水《えいすい》で耳を洗った故事（『荘子』逍遥遊篇など）。○平蕪＝雑草の生えた野原。○迢迢＝はるかなさま。○晡＝夕暮れどき。○碧玉＝水の比喩。○潺湲＝流れるさま。○碎珊瑚＝「珊瑚」は夕日の照らす水面を指す。風が吹けばさざ波が起こって砕ける。

⑤　印南鹿鳴

丹攝山連一様秋　　丹摂《たんせつ》山連《つらな》つて一様《いちやう》の秋、
野風遠送鹿鳴呦　　野風《やふう》遠く送る鹿鳴《ろくめい》の呦《いう》たるを。
印南亦被文王化　　印南《いなみ》も亦《ま》た文王《ぶんわう》の化《くわ》を被《かうむ》り、
翟翟追隨靈囿遊　　翟々《たくたく》として追随す霊囿《れいいう》の遊《いう》。

【大意】丹波《たんば》、摂津《せつつ》にまたがる山々は一様の秋景色。野を吹く風はゆうゆうと鳴く鹿《しか》の音《ね》を遠くひびかせる。印南《いなみ》野《の》にも文王の徳が行きわたったのだろう、動物も心楽しみ、まるで霊囿《れいゆう》の遊びにつきしたがうかのようだ。

【語注】○丹攝＝丹波と摂津。○一様＝ひとしなみの。○鹿鳴呦＝『詩経』小雅「鹿鳴」に「呦々《いういう》として鹿鳴《な》く」。○文王＝周の文王。ここでは松平信之を例えるのだろう。○翟翟＝楽しむさま。○靈囿＝文王がつくった園。禽獣を放ち民とともに楽しんだ。『詩経』大雅「霊台」に「王霊囿《れいいう》に在り、麀鹿《いうろく》の伏する攸《ところ》。麀鹿濯々《たくたく》として、白鳥翯々《かくかく》たり」。

⑥　尾上鯨音

櫻雲漏影外山霞
殷殷華鯨日已斜
一杵卻疑花十八
香風傳響遶高砂

桜雲《あううん》影を漏らす外山の霞、
殷々《いんいん》たる華鯨《くわげい》日已《すで》に斜めなり。
一杵《いつしよ》却《かへ》つて疑ふ花十八《くわじふはち》かと、
香風《かうふう》響きを伝へて高砂を遶《めぐ》る。

［大意］白雲のような桜の輝きが、外山《とやま》に立つ霞の隙間《すきま》からこぼれる。鳴りひびく鐘の音、日はすでに傾いた。ひとたび撞《つ》けば、その響きはかぐわしい風に乗って高砂中をゆきめぐる。はて、これは花十八の舞なのだろうか。

［語注］○**櫻雲**＝雲のように白い桜。　○**外山**＝手前にある低い山。「高砂の尾上の桜咲きにけり外山の霞立たずもあらなん」（『後拾遺集』春上・一二〇、大江匡房）を踏まえた表現。底本に「トヤマ」と付訓する。　○**殷殷**＝音のさかんなさま。　○**華鯨**＝彫刻を施した撞木《しゅもく》。ここでは鐘の音を指す。　○**一杵**＝鐘を一度つく。　○**花十八**＝舞曲の名。兪樾『茶香室叢鈔』に「宋人は親しくこの舞を見たが、後人は詳細を知らない」と考証する。

⑦　繪島晴雪

碧波湧出水精宮
繪島雪晴千頃空
江面雲開誰後素
松間歸棹一簑翁

碧波《へきは》湧出《ゆうしゅつ》す水精宮《すいせいきゅう》、
絵《ゑ》島《じま》雪は晴る千頃《せんけい》の空、
江面《かうめん》雲開きて誰《たれ》か素《そ》より後《のち》にせん、
松間《しょうかん》の帰《き》棹一簑《たういちさ》翁《をう》。

【大意】どこまでもつづく空のもと、絵島の雪は晴れた。まるでみどりの波間から水晶の宮殿があらわれたかのよう。海峡の雲が消え、銀世界がひろがる。このうえそれに何を付けくわえようというのか。松の木の間から見えるのは、簑《みの》を着て港へと帰ってくる老漁師の姿。

【語注】**○水精宮**＝水晶でつくった宮殿。天上の仙宮。**○千頃空**＝はてしない空。「頃」は広さの単位。**○誰後素**＝「絵事《くわいじ》は素《そ》より後《のち》にす」（『論語』八佾篇）を典拠とする。**○松間帰棹**＝「対岸の明石からは、帰りくる舟影が松の枝越しに見える」の意。「棹」は舟そのものをあらわす。**○一簑翁**＝蓑を着た一人の老人。

⑧　赤石浦月

一輪洗出一江晴
浦邊秋不負佳名
清光千古明如晝
白玉樓高赤石城

一輪洗出《せんしゆつ》して一江《いつかう》晴れ、
浦辺《ほへん》秋は佳名《かめい》に負《そむ》かず。
清光千古《せんこ》明るきこと昼の如《ごと》く、
白玉　楼《はくぎよくろう》は高し赤石城《あかしじやう》。

【大意】海峡は晴れ、一輪の月が雨後の空に輝く。明石の秋景色は評判に背《そむ》かぬ美しさだ。清らかな光は古今を通じて昼のように明るく、白玉楼のごとき城を高々と照らしだす。

【注釈】**○一輪洗出**＝「一輪」は月。「洗出」は雨のあと、一片の雲もなく晴れたさまをいうか。**○一江**＝明石海峡。**○佳名**＝明石が月の名所として名高いこと。**○白玉樓高**＝唐の詩人、李賀《りが》が上帝に召されてのぼったとされる楼。その死期がせまったとき、赤虬《せききゆう》に乗った使者がおとずれ「白玉楼の書記としてお召しがあった」と告げたという（『古今事文類聚』前集・喪事・死）。ここでは松平信之を上帝に例え、その風雅を讃えたもの。

5　野間三竹「跋赤石八景詩巻後」

赤石也者在播陽而西州一方之名勝也。古今過山陽道者無不因斯地而賞斯境、遊斯境吟斯境。靈運有賦而具名、齊異域同名。人以爲奇。至若柿氏歌詠之後、紫氏書源書以赤石起筆。斯境之佳名千歳遼遼。昔至嶽陽樓者詩句滿樓、後人難言之。蓋斯境何不爾。

［訓読］　赤石《あかし》は播陽《はやう》に在《あ》りて西州《さいしう》一方の名勝なり。古今山陽道《さんやうだう》を過ぐる者は斯《こ》の地に因《よ》りて斯の境を賞し、斯の境に遊びて斯の境を吟《ぎん》ぜずといふこと無し。霊運賦《れいうんふ》する有りて名を具《そな》へ、異域と斉《ひと》しく名を同じうす。人以《もつ》て奇《き》なりと為《な》す。至若《しかのみ》ならず柿氏《しし》歌詠《かえい》の後《のち》、紫氏源書《ししげんしよ》を書くに赤石を以て筆を起《おこ》す。斯の境の佳名千歳遼々《かめいせんざいれうれう》たり。昔岳陽楼《がくやうろう》に至る者の詩句楼《ろう》に満《み》ち、後人之《こうじんこれ》を言ふこと難《かた》し。蓋《けだ》し斯の境何《なん》ぞ爾《しか》らざらんや。

［大意］　明石は播磨《はりま》の南にあって西国の名勝とうたわれ、古今山陽道を行く者はこの地にさしかかると必ず景色を賞し、遊覧して詩歌をつくったとか。謝霊運《しやれいうん》の作品にも「赤石」が出てくるが、外国に同じ地名があることを人はみな奇《き》とする。さらにまた柿本人麻呂《かきのもとのひとまろ》は「ほのぼのと」の歌を詠み、紫式部は『源氏物語』を執筆するとき明石の巻から筆を起こしたほどで、古くから風光の美をうたわれてきた。昔、岳陽楼《がくようろう》に登る者は、いたるところに先人の詩句が記されていたため、新しく何事かを述べるのがむずかしかったという。思うに、明石についても事情は同じではないか。

［語注］　○**播陽**＝播磨の南。　○**遊斯境吟斯境**＝前句との関係からすれば「遊斯境而吟斯境」とあるべきか。　○

靈運有賦…＝謝霊運が永嘉《えいか》太守《たいしゆ》となったとき、同地の赤石に遊んで「赤石に遊び進みて海に汎《うか》ぶ」などの詩をつくったことを指す（『文選』巻二十二）。永嘉は現在の浙江省。　**○柿氏歌詠**＝伝人麻呂歌「ほのぼのと明石の浦の朝霧に島隠れ行く舟をしぞ思ふ」（『古今集』羇旅・四〇九）。　**○紫氏書源書以明石起筆**＝紫式部が『源氏物語』を執筆した際に、まず須磨、明石の巻から取りかかったという伝説（『河海抄』など）。　**○遼遼**＝遠いこと。　**○昔至嶽陽樓者云々**＝出典未詳。范仲淹「岳陽楼記」に「重ねて岳陽楼を修し、其《そ》の旧制を増し、唐賢今人《たうけんきんじん》の詩賦を其の上に刻す」とあるのを踏まえるか。

山州刺史源忠國領斯境有歳。嗣子日州刺史源信之相繼守之。敬以直己、寛以養人。老農抃野、黎庶讓畔。刺史講武之暇、好文事。文事武備士之一日不可忘者也。今茲至東武使弘文學士父子洎金節賦八景之詩。且試言之。其仙蹤朝霧、大倉暮雨旦夕之所見者也。風帆、夕陽所供其望中者也。其鹿鳴呦呦、晴雪皎皎秋冬之所視聽者也。耳聽鯨音、目見浦月、不亦清乎。顯昭之詠繪島、赤人之賦藤江、雅經之題清水、高氏之吟大倉、其風物可以想觀焉。境之、雅之與清、豈片言隻字之所記哉。況亦荒蕪之言非可書其後。辭之讓之。乞之不輟。不可辭、不可讓。於是乎書。寛文九年夏四月日、柳谷散人野子苞書。

［訓読］山州《さんしう》刺史《しし》源《みなもとの》忠国《ただくに》斯《こ》の境を領すること歳《とし》有り。嗣子《しし》日州《につしう》刺史《しし》源《みなもとの》信之《のぶゆき》相継《あひつ》ぎて之《これ》を守る。敬は以《もつ》て己《おのれ》を直《ただ》し、寛《くわん》は以て人を養《やしな》ふ。老農野《や》に抃《てう》ちて、黎庶《れいしよ》畔《あぜ》を譲る。刺史《しし》武を講《かう》ずるの暇《いとま》、文事を好む。文事武備は士《し》の一《いち》日《じつ》も忘るべからざる者なり。今茲《ここ》に東武《とうぶ》に至りて弘文学士《こうぶんがくし》父子泊《およ》び金節《きんせつ》をして八景の詩を賦《ふ》せしむ。且《しばら》く試《こころ》みに之《これ》を言はん。其《そ》の仙蹤《せんしよう》の朝霧、大倉の暮雨《ぼう》は旦夕《たんせき》の見る所の者なり。風帆《ふうはん》、夕陽《せきやう》は其の望中《ばうちゆう》に供《そな》ふる所の者なり。其の鹿鳴《ろくめい》の呦々《いういう》たる、晴雪の皎々《けうけう》たるは秋冬の視聴する所の者なり。耳に鯨音《げいおん》を聴き、目に浦月《ほげつ》を見る、亦《ま》た清から

ずや。顕昭《けんせう》の絵島を詠じ、赤人《あかひと》の藤江を賦《ふ》し、雅経《まさつね》の清水に題し、高氏《たかうじ》の大倉に吟《ぎん》ずるは、其の風物以《もつ》て想観《さうくわん》すべし。境の、雅の与《とも》に清き、豈《あ》に片言隻字《へんげんせきじ》の記す所ならんや。況《いは》んや亦た荒蕪《くわうぶ》の言其《そ》の后《のち》に書すべきに非《あら》ず。之《これ》を辞し之を譲る。之を乞《こ》うて輟《や》まず。辞すべからず、譲るべからず。是《ここ》に於《お》いて書す。寛文九年夏四月日、柳谷散人野子苞書。

【大意】 当地は山城守《やましろのかみ》松平忠国《ただくに》が長らく領有し、嗣子《しし》日向守《ひゅうがのかみ》松平信之が相続して藩主となった。その徳たるや敬によってみずからを正し、寛によって人を養うというものであったため、老農は野に手をうって施政を喜び、民は感化を受けて互譲のこころを保っている。公は武芸を修め、さらに暇あれば文事を好むが、まことに士たるものはこの二つを一日たりも忘れるべきではない。今、江戸にあって鵞峰《がほう》父子と竹洞《ちくどう》に依頼し、八景の詩を詠ませた。こころみに列挙するならば、「仙跡朝霧《せんしょうのちょうむ》」と「大倉暮雨《おおくらのぼう》」は朝夕目にするところの風景であり、「藤江風帆《ふじえのふうはん》」の舟や「野中夕陽《のなかのせきよう》」の落日は眺望に添えられた彩りである。「印南鹿鳴《いなみのろくめい》」の呦々《ゆうゆう》たる鳴き声、「絵島晴雪《えじまのせいせつ》」の皓々たる輝きは秋冬に見聞きしたものであり、「尾上鯨音《おのえのげいおん》」に耳を傾け、「明石浦月《あかしのうらのつき》」を眺めるのもまたじつに高雅なことではないか。顕昭《けんしょう》が絵島を、山辺赤人《やまべのあかひと》が藤江の浦を、藤原雅経《ふじわらのまさつね》が野中の清水を、足利尊氏が大蔵谷を詠んだ和歌は、風物を通して名所を想像させよう。景色と作品がともに優れているので、とても片言隻句《へんげんせきく》では言いあらわせない。ましてかかる詩巻の末に蕪辞《ぶじ》を書きつらねるべきでないと思い、辞退し、遠慮したのだが、繰りかえし文章を求められたので、やむなく跋《ばつ》を記した。寛文九年四月某日、柳谷散人野子苞書。

【語注】 **○山州刺史源忠國**＝松平忠国。「山州刺史」は忠国の任ぜられた山城守《やましろのかみ》の唐名。「源」は松平氏の本姓。**○日州刺史源信之**＝松平信之。「日州刺史」は信之の任ぜられた日向守《ひゅうがのかみ》の唐名。**○敬以直己**＝『周易』文言伝に「敬《けい》以て内を直《なほ》くす」（坤卦）。**○寛以養人**＝『尚書』微子之命に「民を撫《ぶ》するに寛を以てす」と見える。**○老農抃野**＝蘇軾「喜雨亭記」に「農夫は相与《あひとも》に野に抃《てう》つ」とある。**○黎庶譲畔**＝為政者の徳に感化されて、人々がたがいに田の境をゆずること。『史記』五帝本紀「舜《しゅん》歴山に耕すに、歴山の人皆《み》な畔《あぜ》を譲る」などが典拠。**○東武**＝江戸。**○弘文學士父子**＝林鵞峰とその子鳳岡。**○泊**＝「及」に同じ。**○金節**＝人見竹洞の名。**○旦夕**＝朝夕。**○鹿鳴呦呦**＝『毛詩』小雅「鹿鳴」の「呦々《いういう》として鹿鳴《な》き、野の苹《へい》を食《は》む」を踏まえた表現。**○顯昭之詠繪島**＝「もみぢ葉にこがれあひても見ゆるかな絵島が磯の朱《あけ》のそほ舟」（『千五百番歌合』一六一八、顕昭）。**○赤人之賦藤江**＝『万葉集』巻六・九三八の長歌及びその反歌「沖つ波辺《へ》波《なみ》静けみ漁《いざ》りすと藤江の浦に舟そ騒ける」（山部赤人）。**○雅經之題清水**＝「いにしへの野《の》中古道《なかふるみち》こと問へば清水流るる代々の篠原《しのはら》」（『最勝四天王院障子和歌』二〇八、藤原雅経）。**○高氏之吟大倉**＝「今向かふ方はあかしの浦ながらまだ晴れやらぬ我が思ひかな」（『風雅集』旅・九三三）。「高氏」は尊氏の初名。**○片言隻字**＝わずかな言葉。**○其後**＝鵞峰の序および詩、さらに鳳岡と竹洞の詩をあわせて「赤石八景詩巻」が作られたのであろう。その巻末。**○寛文九年夏四月日**＝西暦一六六九年。**○柳谷散人野子苞**＝野間三竹。「柳谷」は別号、「野」は修姓、「子苞」は字《あざな》。

附 明石八景地図

矢嶋　巌

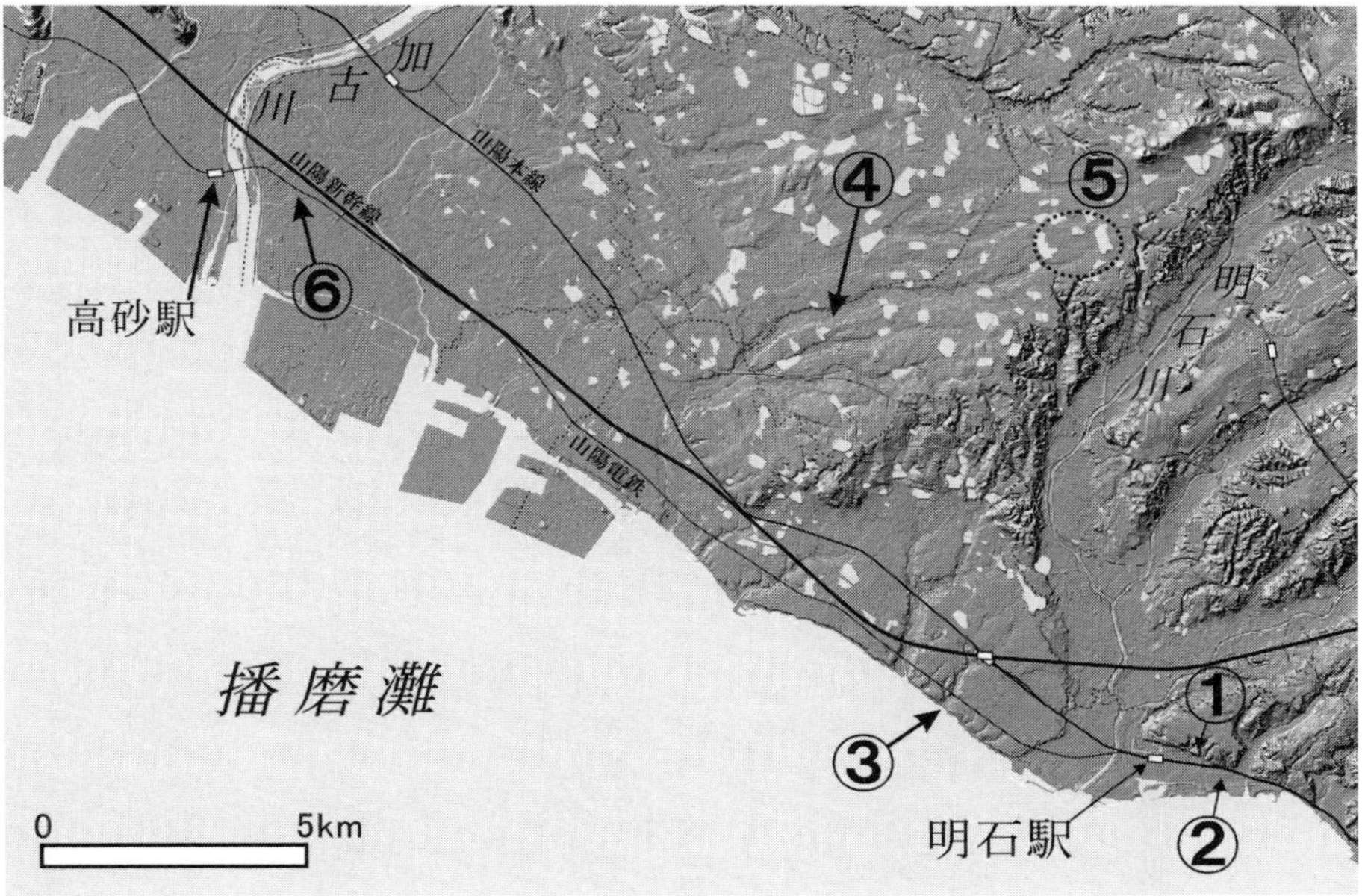

①仙蹤朝霧（柿本神社、明石市人丸町）
②大倉暮雨（明石市大蔵谷）
③藤江風帆（藤江港、明石市藤江）
④清水夕陽（野中の清水、神戸市西区岩岡町）
⑤印南鹿鳴（印南野、神戸市西区神出）
⑥尾上鯨音（尾上神社、加古川市尾上町）
⑦絵島晴雪と⑧赤石浦月は省略した。

国土地理院ウェブサイトの地理院タイル（陰影起伏図）を加工して作成した。

三、明石文学散歩

①播磨国風土記

鎌田智恵

日本の史書を読んでいると、まれに人ではない者が朝廷から位を叙されているのを目にする。多くは神で、内乱や外寇《がいこう》に際して示現《じげん》を顕《あらわ》したことへの報賽《ほうさい》として叙位《じょい》や昇叙《しょうじょ》がなされたようだ。神様の世界にも出世競争があったのかと苦笑してしまうが、功労によって褒賞を得るのは、何も人や神に限らなかったらしい。外交上大きな任を果たした船、例えば、二度の航海を無事に終えて帰朝した遣唐使船・播磨と速鳥《はやとり》も、その功績を称えられて天平宝字二年（七五八）三月、従五位下に叙されている。このことは、裏を返せば当時、海を渡ることがどれほどの危険を伴う行為であったかを示している。必然的に、船の名付けには験を担ぐこともあったろう。右の遣唐使船・速鳥《はやとり》の名は、次の逸話に因《ちな》むと考えられている。

明石の駅家《うまや》。
駒手《こまで》の御井《みゐ》は、難波の高津の宮の天皇《すめらみこと》の御世《みよ》、楠、井の上《ほとり》に生《お》ひたりき。朝日には淡路嶋を蔭《かく》し、夕日には大倭嶋根《やまとしまね》を蔭《かく》しき。仍《すなは》ち、その楠を伐りて舟に造るに、その迅《と》きこと飛ぶがごとく、一檝《ひとかぢ》に七浪を去《ゆ》き越えき。仍《よ》りて速鳥《はやとり》と号《なづ》く。ここに、朝夕にこの舟に乗りて、御食《みあへ》に供へむとして、この井の水を汲むに、一《ある》旦《あした》、御食の時に堪《た》へざりき。故《かれ》、歌作《よ》みして止《や》めき。唱《うた》に曰はく、

住吉の　大倉《おほくら》向きて　飛ばばこそ　速鳥と云《い》はめ　何か速鳥

（『釈日本紀』巻八所引「播磨国風土記」逸文）

明石の駅家。

（明石の駅家にある）駒手の御井については以下の通りである。難波の高津宮で天下をお治めになった仁徳天皇の御世に、楠がこの井戸の傍に生えていた。朝日に照らされればその影は淡路島を覆い、夕陽に照らされれば大和国土を隠すほどの大樹であった。その楠を伐って船に造ったところ、船足は飛ぶように速く、一漕《ひとこ》ぎで七つの波を越えた。ゆえに、（その船を）速鳥《はやとり》と名付けた。朝晩、この船で天皇のお食事に奉るためにこの井戸の水を汲み運んでいたが、ある朝、お食事の時間に間に合わなかった。そこで、歌を詠み、水の献上は廃された。その歌は、次のようなものであった。

住吉の大倉（＝官用庫）に向かって飛ぶように海上を駈ければこそ、確かに名を「速鳥」とは言おう。しかし、これでは、ああ、一体どうして速鳥などと言えようか。

『播磨国風土記』に記された、明石の駅家にあったという駒手の御井に関する伝説である。明石の駅家は、山陽道中、播磨国に置かれた駅家の一つである。具体的な比定地については長らく議論が続けられているが、おおよそ現在の休天神社付近に所在したと目される。速鳥伝説の舞台である「駒手の御井」は名前から推すに駅家の官舎の井戸ではなく、そこから少し離れた、馬屋か馬繋《うまつなぎ》のほとりにあった井戸とおぼしい。

ところで、古代陸上交通の要地が駅家なら、海上交通の要所は港である。明石は古来、畿内から西国へ向かう際、陸路においても海路においても通過する重要地点であった。速鳥伝説に話を戻すと、仁徳天皇の御世にこの地で大木から船が造られたという伝説には興味深い点が幾つもある。大樹を伐って船とした話は『古事記』や『日本書紀』に類話が複数見える。中でも官船・枯野《からの》の話が特に有名で、『古事記』はこれを、速鳥と同じく仁徳朝の出来事として記す。では、なぜ優船にまつわる逸話がこの時期に集中しているのだろう。

難波にはじめて都が置かれた仁徳朝は、難波津《なにわづ》（現在の大阪湾港）の開発が本格化した時期に重なる。大阪湾から瀬戸内海を抜けて九州に至る路は太古より重要な交通ルートの一つで、九州から大和国を目指した神武天皇も、大和国から大陸の新羅《しらぎ》を目指した神功《じんぐう》皇后もこの海路を利用した。湾港の整備に協力したと推測される津守《つもり》氏は在地の有力氏族で、彼らの奉祀《ほうし》した摂津国住吉大社は、今日でも航海安全の神として篤く信仰されている。海運や造船、漁業などを職掌とするいわゆる「海人《あま》族」であった彼らは、難波津を拠点に一帯の海上を掌握した。

大阪湾から西に漕ぎ出して間もなく通過する明石も、津守氏を含む複数の海人族の支配領域であったようだ。『先代旧事本紀』国造本紀によれば、明石国造《あかしのくにのみやつこ》氏は、神武東征の折に船で水先案内を務めた（つまり海人族である）椎根津彦《しいねつひこ》（槁根津日子《さおねつひこ》とも）を祖とする大和国造氏と同族である。また、『住吉神社神代記』によれば、明石川上流は住吉大社に船を奉献した舟木連《ふなきのむらじ》氏の支配域であったことが知られる。神戸市垂水区（かつては明石郡の一部だった）に現存する海神《わたつみ》神社も、もとはいずれかの海人族が祀《まつ》った神であったと考えるのが自然であろう。このように、古代の明石は海人族が互いに支配・協力関係を築きながら発展した瀬戸内海交通の一要地であった。

明石と海人族の関係を見てみると、速鳥の伝説は、まさに古来、多くの海人族が活動してきた土地の性格をよく反映したものであるとわかる。明石の海岸風景を眺めながら、かつてこの地に暮らした伝承者たちの姿に、思いを馳せてみてほしい。

［ゆかりの場所］

○休天神社　明石駅家の跡地とする説がある。付近の大蔵中町遺跡から井戸の遺構が発見された（明石市大蔵天神町）。

②菅原道真

川上萌実

明石市大蔵谷。このあたりには昔、海陸交通の要衝《ようしょう》、明石宿駅《あかししゅくえき》があった。京を離れ、遠く西へと向かう旅人たちにとってここは畿内の最西端の地。いわば己《おのれ》が知りうる世界の端、その最後の場所であった。菅原道真もまた、明石に足をとどめた旅人の一人である。

道真は仁和二年（八八六）に讃岐守《さぬきのかみ》を拝命して京から讃岐国に赴き、仁和三年（八八七）に一度、暇《いとま》をもらって上洛している。この上洛の翌年、再び讃岐に帰任するときの作が、『菅家文草』巻四の巻頭に集録されている。その詩を挙げてみよう。

題駅楼壁　　帰州之次、到播州明石駅。自此以下八十首、自京更向州作。

離家四日自傷春　　家を離るること四日、自《おの》づから春を傷《いた》む。

梅柳何因触処新　　梅柳《ばいりゅう》何に因《よ》りてか、触《ふ》るる処《ところ》新たなる。

為問去来行客報　　為《ため》に去来するに問へば、行客報《つ》ぐ。

讃州刺史本詩人　　讃州刺史《さんしゅうしし》、本《もと》より詩人なりと。

（『菅家文草』巻四）

「京の我が家を離れて四日、春の美しさに私の胸は締めつけられる。純白の梅の花、そして新緑の柳が、不思議なほどどこまでも鮮やかだから。そこで道行く人々にたずねてみると、彼らはこう答えた。そのように感じるのは、あなたが詩人でいらっしゃるからですよ、と」。

題に「駅楼《えきろう》の壁に題《だい》す」とあるが、ここでいう「駅」は、題下の注に「帰州《きしう》の次《ついで》、播州《ばんしう》明石駅に到る。此《こ》れより以下八十首、京より更に州《しう》に向かふ作」（讃岐国に帰任する際、播州明石駅に到着した。この詩に始まる八十首は、京から再び讃岐に向かうときの作である）とあるように「明石駅」を指している。駅は人や馬、食事や宿を提供する場所であり、多くの人が集う。家族が住む住み慣れた京にひととき戻り、再びこの場所から遠国へと向かう彼の心中はいかばかりであっただろうか。行き交《か》う人々にとっては何の変哲もない春の景色が、道真にとってとくべつ胸を締め付けるものであるのは、彼の本性が詩人であるからだ、と詩はいう。つらいときや苦しいときほど花鳥風月の美しさが心に染み入る、というのは誰しも経験するところだが、詩人であればなおのこと、ゆく春の風景は強く胸に迫るものであったに違いない。そのように考えれば、道真が明石で見た春は美しかったであろうし、その美しさは、彼がのこした詩を通して、今もなお感じることができるのである。

　明石には道真の事跡を偲ぶことのできる場所が現在も残っている。山陽電鉄本線・人丸前駅にほど近く、国道二号線沿いにその神社はある。休天神社《やすみてんじんしゃ》である。

　延喜元年（九〇一）、太宰権帥《だざいのごんのそち》に任じられ、筑紫国《つくしのくに》に向かう道真は、明石駅の楼の石で休息し、明石の駅長（伝説によると道真が讃岐に向かったとき以来の知己《ちき》であったという）に向かって次の詩を詠んだといわれる。

　駅長驚くことなかれ、時の変改《へんかい》。一栄一落《いちえいいちらく》、是《こ》れ春秋。

（駅長莫驚時変改。一栄一落是春秋。）

（『大鏡』時平伝）

「駅長よ、時勢の移ろいに驚くことはない。あるときは栄え、あるときは落ちぶれるというのは、春に花咲き秋に葉が落ちることと同じ、この世の定めなのだから」。

この再会からわずか一年後、太宰府に没した道真を偲んだ先の駅長が、道真が腰を下ろした石を祀《まつ》り、社を建てたのが休天神社のはじまりであるとされる（創建のいきさつと、後世、荒れてしまった神社を村民たちの手により再興した逸話は、延宝三年（一六七五）執筆、林鵞峰《はやしがほう》の「播磨国明石菅神廟記」に詳しい）。「駅長莫驚時変改、一栄一落是春秋」の句は、菅公旅次遺跡《かんこうりょじいせき》石碑（明石市太寺）にも刻まれているが、私はこの言葉から、諦念《ていねん》や無常観だけでなく、駅長に対する道真の優しさを感じる。左遷され、遠国へと旅立つ時にこのような詩を詠んだ逸話からは、自分を思って泣いてくれた人を慰められる、心温かな道真の姿が浮かび上がる。

冒頭で述べたように、明石は旅人たちにとって畿内《きない》と畿外《きがい》を隔てるターニングポイントであったが、同時にまた、それぞれの人生におけるターニングポイントの地であったといえる。道真にとっては、讃岐への赴任と帰任、そして太宰府への左遷と、人生の岐路に立つごとに通ることになったのが明石であり、そこで詠まれた彼の詩や、明石に残る逸話は、菅原道真その人をよく物語っているように思う。

［ゆかりの場所］

○休天神社　道真が配流の途中、腰を掛けたという石が残る（明石市大蔵天神町）。

○菅公旅次遺跡石碑　明石駅家が太寺にあったとする説に基づき建てられた（明石市太寺）。

③源氏物語

中村　健史

たったひとつの恋が運命を変えることがある。

朧月夜《おぼろづくよ》との仲があらわれ、都を去った光源氏は須磨に身を寄せるが、そこもまた安住の地ではなかった。春の嵐によって邸《やしき》は失われ、頼るものとてない流人は招かれるまま明石に住まいを移す。『源氏物語』第十三帖「明石」の幕開けである。

光源氏を迎えとったのは、播磨国に威勢をほこる明石の入道であった。物語によれば、近衛中将《このえのちゅうじょう》にまでのぼりながらたいへんなひねくれ者で、人づきあいを好まず、播磨守《はりまのかみ》となって京を離れ、任期が終わっても明石に居ついてしまったのだという。当時、国守は実入りの多い官職として有名だった。入道も立派な邸宅を構え、豊かな暮らしを送っていたらしい。

光源氏がはじめて目にした明石の風景は、『源氏物語』のなかで次のように描写される。

浜のさま、げにいと心ことなり。人しげう見ゆるのみなむ、御願ひに背《そむ》きける。入道の領《らう》じ占《し》めたる所々《ところどころ》、（中略）をりをり所につけたる見どころありてし集めたり。高潮に懼《お》ぢて、このごろ、娘などは岡辺《をかべ》の宿《やど》に移して住まはせければ、この浜《はま》の館《やかた》に心やすくおはします。

（『源氏物語』明石）

「明石はたいへん風光明媚で、ただ人が多いことだけが源氏のご希望に沿わないのであった。入道の所領には、季節ごとに風情のある見どころが集めてある。高潮を恐れ、娘などは岡の家に移していたので、光源氏は浜の館で気楽にお過ごしになるのだった」。

都落ちしたとはいえ、平安時代の貴族の邸である。今のわれわれが想像するよりずっとひろく、家というより町に近い。海ぎわに入道の住まいがあって、光源氏はそこに迎えられるのだが、「この浜の館に心やすくおはします」といっても、二階に居候《いそうろう》するのとはわけが違う。おそらく別棟の建物がまるごと一つ提供されたのだろう。

江戸時代になると、明石市内にある善楽寺《ぜんらくじ》というお寺がこの「浜の館」の跡地とされるようになった。跡地といったところで『源氏物語』は虚構なのだから、いわば「サザエさん旧居」とか「ホグワーツ魔法学校跡地」みたいなものだが、昔の人はあまり細かいことを気にしない。当時の藩主、松平《まつだいら》 忠国《ただくに》（信之《のぶゆき》の父にあたる）が「いにしへの名のみ残りてありあけのあかしの上のおや住《すみ》しあと」、今では名前しか残っていないが、明石の入道の住んだところだ、という歌を詠んで石碑まで建てている。

『源氏物語』には、明石の入道と光源氏が月影のもと琴を弾く有名な場面がある。善楽寺の隣にある無量光寺《むりょうこうじ》というお寺がその舞台とされ、また一キロほど離れた光明寺《こうみょうじ》にもよく似た伝説が残っていたようだ。もちろんどっちも嘘であるのは言うまでもない。だって『源氏物語』自体が嘘なのだから。

入道は月をながめながら、しみじみと娘（明石の上）のことを打ちあける。明石にくだって富と権勢を得たが、もとをたどれば名家の末、娘ばかりはどうにかして高貴な人に縁づけたい。どうかもらってやってはくれまいか。入道の頼みに光源氏の好き心が動く。「身分が違いすぎる」と物怖《ものお》じする母娘を説きふせ、むりやり話を進めてゆく男親の一人合点な強引さは、憎めない稚気があっていかにも人物が生きている。明石の巻のなかでももっとも読みごたえのあるくだりである。

誘《いざな》われるようにして、光源氏は娘のもとに通う。行く先は彼女の住む「岡辺の宿」である。すでにして浜の館には碑を建てた。岡辺の宿にもこれなかるべけんや、と思ったのかどうか知らないが、忠国はまたしても一首詠んで

「跡地」をしのんだらしい。善楽寺から北へ七キロ近く行ったところ、神戸市西区櫨谷町《はぜたにちょう》に石碑が建っている。『源氏物語』には馬で行ったとあるが、色男もなかなか楽じゃない。

苦労の甲斐あって、やがて二人のあいだには女の子が生まれる。赤ちゃんは成長してのちに天皇の妃《きさき》（明石《あかし》の中《ちゅう》宮《ぐう》）となり、われらが主人公に栄耀栄華をもたらす。かりそめの恋が光源氏の運命を変えたのである。

明石の巻を読むといつも思う。ここは幸運を手に入れる場所なのだと。

［ゆかりの場所］

○法写山善楽寺　戒光院の境内に「浜の館」の石碑がある（明石市大観町）。

○月浦山無量光寺　門前に光源氏が通ったという「蔦《つた》の細道《ほそみち》」がある（明石市日富美町）。

○月池山光明寺　境内に「光源氏月見の池」がある（明石市鍛治屋町）。

○岡之屋形跡地「岡辺の宿」の石碑がある（神戸市西区櫨谷町松本）。

④平家物語

中村　優公

「祇園精舎《ぎをんしやうじや》の鐘の声……」で始まる『平家物語』は、平家の興亡を描いた軍記物である。その根底には無常の念が寄り添い、「たけき者も」「風の前の塵」の様にはかないと語る。また『平家物語』は平曲《へいきよく》とも呼ばれ、琵琶法師によって語られることが特徴である。なぜ琵琶法師が語るのか。怨念を抱いて死んでいった平家の魂を慰め、鎮める必要があったからである。怪談の「耳なし芳一」もその類いの話である。琵琶の音色とともに無念に散った魂を招き、慰めるのである。

ここ明石にも平家物語に語られる人物が祀られている。名は平忠度《たいらのただのり》、平清盛の末弟である。明石にほど近い一ノ谷の戦いにおいて「西手《にして》の大将軍」として参戦した。

この人物は武将でありながら歌人としても名高く、『平家物語』では忠度が登場する場面――「巻五　富士川」、「巻七　忠度都落《みやこおち》」、「巻九　忠度最期」――には必ず和歌が登場し、「武芸にも歌道にも達者にておはしつる人」という人物像を鮮やかに描いている。中でも「忠度都落」での藤原俊成《ふじわらのとしなり》との交流が有名である。都を離れる忠度は藤原俊成を訪ね、自ら詠んだ和歌百余首を書き付けた巻物を俊成に預けた。

忠度は一の谷の戦の後、明石で最期を迎えたと物語では語られる。今でもそのことを偲ぶ縁《よすが》が残る。

一ノ谷の戦に敗れた忠度は齢《よわい》四十一、「紺地《こんぢ》の錦《にしき》の直垂《ひたたれ》に黒糸威《くろいとおどし》の鎧《よろひ》」を着て明石まで落ちのび、追っ手の岡部《おかべの》六野《ろくや》太《た》忠純《ただずみ》と交戦した。この時両者が馬を並べて駆けた地として「両馬川《りようばがわ》」の地名が残る。山陽電鉄人丸駅横の高架下に石碑が残るが、残念ながら今日ではその流れを見ることはできない。もっとも『平家物語』では川で交戦した描写は全くなく、この地名は謡曲の『忠度』に由来するという。「両馬川」は「両端川」とも呼ばれ、明石城下との境界線でもあった。ともかく、その地での戦いの様子は『平家物語』ではこのように描かれている。

（忠度は）やがて刀を抜き、六野太を馬の上で二刀《ふたかたな》、落ちつくところで一刀、三刀までぞつかれける。二刀は鎧のうへなればとをらず、一刀はうちかぶとへつき入《いれ》られたれども、うす手なれば死なざりけるを、とツておさへて頸《くび》をかゝんとし給ふところに、六野太が童《わらは》をくればせに馳来《はせきた》ッて、うち刀を抜き、薩摩守《さつまのかみ》の右のかいなを、ひぢのもとよりふつときり落す。

「（忠度は）刀を抜いて六野太（岡部忠純）を馬の上で二度、馬から落ちたところで一度、計三度突き刺した。はじめの二太刀は鎧の上であったため貫けず、三太刀目は冑《かぶと》の内側、顔をめがけて突いたが、浅手であったため決め手にならなかった。そこで組み伏せて首を獲ろうとしたところに忠純の若い従者が遅ればせながらやってきて、薩摩守（忠度）の右腕をひじのあたりから切り落とした」。

忠度の武者としての活躍を活写しているシーンである。前述のように『平家物語』は語りを前提としたものなので、声に出して読むとよりその緊迫感が伝わるだろう。ぜひ朗読していただきたい。

この時切り落とされた忠度の右腕を祀ったとされる腕塚神社《うでづかじんじゃ》も同じく明石にある。本来は山陽電鉄の線路脇に小さい祠があったようだが、昭和の末に現在の場所に移された。かつては町名も「右手塚町《うでづかちょう》」と言ったようだ。腕や腰の痛みに霊験があるとされ、神社にある木製の右腕で患部をなでれば良くなると言われている。

この信仰は特異なものであり、御霊信仰《ごりょうしんこう》・疫神《えきじん》信仰との関わりがあると考えられる。災いをもたらす霊、いわゆるタタリ神・怨霊を祀ることでその災いを鎮める信仰のことである。祇園御霊会《ぎおんごりようえ》（今日の祇園祭）や天満宮が有名である。同様に戦《いくさ》の中で腕を切り落とされた忠度の怨念に対する鎮撫の念からそのような信仰が起こったのではなかろうか。これも琵琶法師が語る鎮魂の物語からのつながりであろう。加えて、日本の神々には自らが苦しんだ病などの平癒を御利益とするものも多く、その一形態とも考えられる。

また、近くにある柿本神社には盲杖桜《もうじょうざくら》の伝説があるように、明石は「明かし」とのつながりから、盲人の信仰も篤い。平曲を語る盲目の琵琶法師たちがこの地を訪れ、この地で語った忠度への思いが伝承としてこの地に根付いたと考えてみるのも一興だろう。

腕を切り落とされた忠度はその後どうなったか。『平家物語』はこう語る。

忠度は忠純によって首を討たれたが、その大将首の名を誰も知らなかった。しかし、えびら（矢を入れる道具）に結びつけられた紙には「旅宿花」という題で一首の和歌が記されていた。

ゆきくれて木のしたかげをやどとせば花やこよひのあるじならまし　　忠度

「旅の途中で日が暮れて桜の木の陰を一夜の宿としたとすれば、盛りの桜の花が主となってくれただろうに」。これを見て忠度だと知り、敵も味方も、武芸にも歌道にも優れた人をと惜しんだという。

〔ゆかりの場所〕

○両馬川　忠度と岡部六野太が組み討ちした場所と伝えられる（明石市大蔵天神町）。

○腕塚神社　切り落とされた忠度の腕を祀ったとされる（明石市天文町）。

○忠度塚　忠度の遺骸を葬った跡とされ、五輪塔や梁田《やなだ》蛻巌《ぜいがん》らの石碑がある（明石市天文町）。

⑤西山宗因

三原　尚子

西山宗因は明石城主松平信之《まつだいらのぶゆき》の庇護《ひご》を受けたが、そのきっかけは、明石の人丸社（現在の柿本神社）における月次《つきなみ》連歌に出座していたことだと言われている。宗因はそのころ大坂に住んでいたが、様々な資料から、相応の頻度で明石を来訪していたと推測される。しかも、信之と宗因とのつながりを示すもっとも古い資料は寛文十一年（一六七一）のものであるから、宗因はこの時点で還暦を過ぎており、老身を押して馳せ参じたと言うべきであろう。なお、信之は寛永八年（一六三一）生まれで、親子ほどの年の差があった。しかし、風流を愛した信之と宗因は、年の差を感じさせない、深い絆《きずな》で結ばれていたと考えたい。

さて、本稿では、宗因と明石のつながりを示す資料のうち、延宝元年（一六七三）の宗因・信之両吟百韻《りょうぎんひゃくいん》という俳諧《はいかい》連歌の作品を取り上げてみたい。両吟・百韻はいずれも俳諧連歌の形式の一つで、両吟は二人の作者が句を詠み合うこと、百韻は五七五の長句と七七の短句を百句続けることである。

この百韻の巻頭部分は次のようになっている。

延宝元年十一月　於播州明石浦

よむとつきじ人丸つらゆき玉霰《たまあられ》　宗因

杜《と》子《し》美《び》東坡《とうば》か竹の冬枯《ふゆがれ》　信之

俳諧連歌では、一般的に、発句《ほっく》（第一句目）は招かれた客が詠み、脇《わき》（第二句目）はそれをもてなす亭主が詠むことになっている。ここでもそのルールは守られ、発句は明石を訪れた宗因が詠んでいる。また、発句では当季（そのときの季節）を詠むのが原則である。前書からわかるとおり、この百韻は十一月に巻かれたが、旧暦の十一月は、現在の暦では十二月ごろに相当する。温暖と言われる明石も、冷え込む時期である。「玉霰」は一般には霰《あられ》の美称であり、この日、明石では実際に霰が舞っていた可能性がある。ただ、事はそう単純ではないかもしれない。

「よむとつきじ」は、『古今和歌集』「仮名序」に引かれる和歌「わがこひはよむともつきじありそうみのはまのまさごはよみつくすとも」を踏まえた表現である。この歌は、自身の恋心を、数え切れないほどの浜辺の砂よりもなお膨大なものと訴える歌である。なお、「よむともつきじ」を踏まえたのは、宗因たちの俳諧連歌が「明石浦」で巻かれており、浜辺であることの縁からであろう。

「人丸つらゆき」は、柿本人麻呂と紀貫之を指す。人麻呂は、明石を歌に詠んだことで知られ、人丸社の祭神でもある。信之は、現在でも人丸社境内に残る「播州明石浦柿本大夫祠堂碑」を建立したほどの入れ込みようで、宗因が「人丸」を持ち出したのも、単に明石とつながりのある歌人であったからというだけではなく、信之への挨拶にもっともふさわしいと考えたからだろう。なお、貫之と明石の関係は明白ではないが、先に挙げた『古今和歌集』「仮名序」の作者であり、また、「仮名序」の中で貫之は人麻呂を歌聖と称えている。そのような縁と、貫之自身も著名な歌人であったことから、人麻呂と並べて取り上げられたものと考えたい。そうなると、上五《かみご》・中七《なかしち》は「読んでも読んでも尽きることはない。偉大な人麻呂・貫之の和歌は」ということになる。

問題は先にも述べた、下五《しもご》の「玉霰」である。実際の風景と捉えることもできるが、それだと上五・中七とのつながりが説明しがたい。ここでは、「玉」という言葉の用例から考えた方がよいだろう。玉は、直接的には何かを修飾する美称であるが、場合によっては「名文・名句」も表す。『和漢朗詠集』の「軸軸《じくじく》に金玉《きんぎょく》の声あり」に由来する表現なので、一般には「金玉」の形で用いることが多いが、「玉」のみでも同様の意味になる例がある。ではなぜ「玉霰」なのかと言えば、これも先に述べたとおり、発句には当季の季語を入れるという規則があるからである。おそらくは、人麻呂・貫之と来たら名歌を示す「玉」を置きたい、しかし季語は必要なので当季の「玉霰」がよいか……と定められたものであろう。

この発句に対して、信之は脇で「杜子美東坡」を持ち出した。「杜子美」は杜甫。詩聖として知られる人物である。「東坡」は蘇東坡、本名で言えば蘇軾《そしょく》である。近代以前の日本では、蘇軾の作品はよく読まれた。つまり、発句で取り上げられた代表的歌人である人麻呂（歌聖）・貫之を、代表的詩人である杜甫（詩聖）・蘇軾に転じたのである。そして、それを引き出しているのが「竹の冬枯」である。竹は日本でもよく見られる植物であり、和歌にも詠まれないわけではないが、やはり漢詩の世界を象徴するものであろう。信之は、眼前の竹を引き合いに出し、「それならこの竹は、さしずめ杜甫・蘇軾か」と応じているのである。

また、植物の葉と霰は、古来より縁の深い言葉とされてきた。笹や竹の葉は、霰が降りかかると音を立てるが、そのことが様々な和歌や歌謡に取り入れられてきたからである。宗因が「玉霰」を詠んだので、信之は「冬枯の竹でも、霰が降りかかると、なかなか風情を感じさせるものだ」と、「竹の冬枯」を脇の季語に選んだのだろう。

信之は、一応「松葉」という俳号が確認されているものの、俳諧にことさら励んだ形跡は今のところ確認されていない。しかし、少なくともこの俳諧連歌の脇は、俳諧に長《た》けた宗因の発句によく応《こた》えている。実は信之が宗因に俳諧の手ほどきを受けていたのか、それとも、単に宗因のことをよく知り、文才豊かだったからだろうか。いずれにせよ、この発句・脇には、二人の睦まじい交流の様子がよく現れている。

［ゆかりの場所］

○柿本神社　松平信之の招きにより、宗因は当社に連歌師として奉仕した（明石市人丸町）。

⑥松尾芭蕉

中村　真理

元禄元年（一六八八）の夏、芭蕉は弟子の杜国《とこく》を伴い、吉野から奈良を経て、須磨・明石に遊んだ。この旅の様子はのちに文章に綴《つづ》られるが、未完に終わる。遺された草稿は芭蕉没後の宝永六年（一七〇九）、弟子の乙州《おとくに》の手で出版された。紀行文『笈の小文《おいのこぶみ》』である。

しかし、それよりも前から、芭蕉が明石で詠んだ句は、世に知られていた。元禄四年（一六九一）に出版され、のちに「俳諧《はいかい》の古今集」と賞讃される撰集『猿蓑《さるみの》』に、次の二行が見える。

明石夜泊《やはく》
蛸壺《たこつぼ》やはかなき夢を夏の月　　芭蕉

『笈の小文』では須磨紀行の中の一節として挿入されているが、『猿蓑』では前書きと句で一つの世界を成している。生前の芭蕉が意図したのは、むしろこの形であっただろう。

季語は「夏の月」であり、夏の夜が伝統的に「短い（すぐに夜明けが来る）」と表現されてきたことを踏まえる。蛸壺の中にまどろむ蛸は、間もなく訪れる夜明けと共に引き上げられ、その夢も、その命も、はかなく終わりを迎える。「蛸壺」は一年を通して使われる漁具ではあるが、この場合、短い夏の夜のイメージと結びつき、はかなさを強調する。

句には「明石夜泊」という前書が付されている。芭蕉自身はそうした俳論を残さなかったが、彼の高弟たちは前書きとは「光を添える」もの、つまり、句の意図を明瞭にするものと説いている（其角《きかく》編『句兄弟《くきょうだい》』、許六《きょりく》編『篇突《へんつき》』など）。この「明石夜泊」も、例外ではないだろう。

「夜泊」とは旅人が船の上で一夜を明かすことである。これは、中国・唐代の詩人張継《ちょうけい》の詩「楓橋夜泊《ふうきょうやはく》」を踏まえている。波に揺られる船上での浅い眠りは、「楓橋夜泊」の第二句に「愁眠《しゅうみん》（愁いに沈みながらまどろむ）」と表現されるように、憂鬱《ゆううつ》な心情を誘う。「明石夜泊」として船上に夜を明かす芭蕉もまた、物思いのなかで海底の蛸壺に思いをはせたに違いない。

さらにこの句には、ただ蛸の命を愁うだけではない奥行きが感じられる。須磨・明石はあの『平家物語』ゆかりの古戦場である。人の生涯の短さ、命の脆《もろ》さが、明石という地名を介して「はかなさ」へと重ねられる。たったの十七字でありながら、広く深い味わいが生まれてくる。芭蕉の力量が存分に発揮された名句と言えよう。

明和《めいわ》五年（一七六八）の冬、明石の人丸社（柿本神社）の麓《ふもと》に、「蛸壺や」の句を刻んだ碑が建てられた。「蛸壺塚《たこつぼづか》」である。建立を主導したのは、加古川を拠点とする新進気鋭の俳諧師・松岡青蘿《まつおかせいら》。当時の俳壇の第一人者であった蝶夢《ちょうむ》を京都から招き、塚の完成を祝う会を催した。この時に作られた発句や連句が、記念に刊行された俳諧撰集『蛸壺塚』に収められている。その巻頭には、蝶夢が詠んだ塚を讃える句が据えられた。

月高し塚は木の葉の山になる迄《まで》　　　蝶夢

芭蕉が「はかなさ」を思って詠んだ「あの夏の夜の月」が、今は冬の夜の空に高々と上がり、この地を照らしている。小さな木の葉が降り積もり、高い山となるまでの長い間、芭蕉とのゆかりをあらわすこの蛸壺塚が遺りつづけるように、という句である。季節は反転し、蛸壺の中のはかない命は、朽ちることのない石の碑へと姿を変え、その永遠が謳《うた》われたのである。

文化元年（一八〇四）の春、名古屋の俳人・井上士朗《いのうえしろう》が須磨・明石を遊覧した。その様子を伝える俳諧集『高真砂《たかまさご》』の「明石の巻」冒頭に、士朗の「ある夜見し月か明石の初ざくら」という句がある。折しも咲き始めた桜のほの白い花の色を、夜空を照らす月の光に見立てた句である。

「ある夜見し月」とは、士朗自身がそれまでに見た月を指す言葉である。しかし同時に、これは明石の俳人たちと共に巻いた連句のための発句である。当地明石の人々は、士朗の「ある夜」という朧化《ろうか》表現の向こうに芭蕉の蛸壺の句、つまり「あの夏の夜の月」を、連想せずにいられなかったであろう。

もとより明石は、古来、秋や冬の「月」が多く詠まれてきた歌枕《うたまくら》である。だが、芭蕉の足跡がその流れの一筋を分かち、「あの夏の夜の月」を想起させる流れを形作ったのも、また一つの歴史であろう。

［ゆかりの場所］

○蛸壺塚　柿本神社の門前に松岡青蘿が建立した「蛸壺や」の句碑がある（明石市人丸町）。

⑦井原西鶴

大関　綾

江戸時代、明石城を舞台にして、自身の真っ直ぐな意志を貫いたがゆえに、嫉妬心に狂った殿になぶり殺される、美少年の純愛物語が書かれた。

作者は井原西鶴という、江戸時代前期に活躍した俳諧師・浮世草子《うきよぞうし》作者である。西鶴の浮世草子作品の中には、明石が描かれる話が二話ある。一つは『武道伝来記《ぶどうでんらいき》』巻二―一、一つは『男色大鑑《なんしょくおおかがみ》』巻二―二である（両書とも貞享四年（一六八七）刊）。『武道伝来記』巻二―一は敵討ちの物語で主人公が明石生まれであるが、具体的な地名は登場しない。前述の物語は『男色大鑑』巻二―二「傘持《かさもつ》ても濡るる身」という話である。

『男色大鑑』はその題名のとおり、様々な「男色」の物語を集めた作品である。全八巻で前半の四巻には武士の男色譚、後半の四巻は歌舞伎若衆《わかしゅ》の男色譚が多く収められる。巻二―二「傘持つても濡るる身」は前半の武士の男色譚であり、『男色大鑑』の中でも「傑作」との呼び声高い物語である。あらすじは次の通りである。

まばゆいばかりの美しさで真っ直ぐな気性の少年長坂小輪《ながさかこりん》は、明石の殿の小姓となったが、その性格ゆえに、権勢になびいたかのような殿との関係は誠の衆道《しゅどう》ではないとして、いつかは本当に愛する人と契りを結びたいと願う。日ごとに殿の寵愛《ちょうあい》は深まる一方で、かねてより小輪の心根に感じ入っていた神尾惣八郎《かんおそうはちろう》は恋文を送り、小輪と心を通わせるようになる。年末恒例の大掃除・衣配《きぬくば》りの日、小輪は母に着古しの着物を送り、その着物を入れていた葛籠《つづら》の中に惣八郎を隠して登城させ、殿の寝間の次の間に忍ばせた。自身は腹痛をうったえて引き籠もり、殿が寝静まる時を待った。いびきが聞こえてくると、二人は今こそ、と来世を誓い逢瀬《おうせ》を遂げる。二人の声で殿が目を覚まし、惣八郎は逃げ出すが、その姿を隠密が目撃し不義が発覚する。小輪は詮議《せんぎ》を受け、殿に相手の名前を告げるように迫られるが、小輪は「彼は命をくれた人」と決して白状しなかった。三日後、殿は小輪を武芸稽古に召し出し、自《みずか》ら長刀《なぎなた》を振るい、小輪の左腕、右腕、最後に首を落とす。殿をはじめ皆涙に暮れ、小輪の亡骸《なきがら》は朝顔の池がある妙福寺に送られた。一ヶ月後、それまで姿を隠していた惣八郎は件《くだん》の隠密の両腕を打ち落とし、とどめを刺してその場を立ち去り、自身は朝顔寺の小輪の墓前に思いの丈を綴った高札を立て、小輪の定紋《じょうもん》である一重菱《ひとえびし》に三つ切りの形に腹を切って果てた。「恋をするのであればかくありたい」と国中の樒《しきみ》で池は覆い尽くされたという。

さて、小輪の死骸は朝顔の池のある妙福寺に送られたとされるが、明石にその名の寺はない。のちに惣八郎が「朝顔寺」で切腹することから、光明寺のことを指すと思われるが、光明寺にある池は光源氏の月見の池と称されるものである。西鶴筆の地誌・旅行案内記『一目《ひとめ》玉鉾《たまぼこ》』には次の和歌が記される。

○朝顔寺

秋風に波や越らん夜もすがら明石の岡の月のあさがほ

（『一目玉鉾』巻四）

同じ和歌が「傘持ても濡るる身」中にも挿入されており、これを光源氏が明石の上へ送った歌だとするが、『源氏物語』に同歌は見えない。いわずもがな、光源氏の「月見の池」は後世に作られた名所である。いずれにせよ、歌語の「朝顔」には「はかなさ」という意があり、小輪の最期に似つかわしく、さらに朝顔寺は「当城主遊覧《ゆふらん》の地」（『播磨名所巡覧図会』巻二）であり、明石城から一・五キロメートルほどしか離れていない。殿が心から小輪を愛していたことを示すためにふさわしい名所であったのだろう。

「傘持ても濡るる身」には右のあらすじの他に、《ある夕方、涼を求め殿と小姓が東屋《あずまや》で遊興していた際に一眼の入道が現れ、地響きが起きる。小輪は原因となった古狸《ふるだぬき》を退治し、その首が明石城の御《お》築山《つきやま》の西にある桜茶屋《さくらぢゃや》の杉戸を破る。》という挿話がある。現在の明石駅の北にある堀はかつての明石城の内堀にあたるもので、巽櫓《たつみやぐら》・坤櫓《ひつじさるやぐら》そして桜堀《さくらぼり》に囲まれた箇所が本丸である。明石球場付近が歴代の藩主の御殿である「居屋敷郭《いやしきくるわ》」であるが、それは寛永八年（一六三一）の本丸付近の火事以降のことで、焼失以前は本丸御殿に殿の「常の御居間」があった。先の「桜茶屋」は桜堀に面した、本丸にあった茶屋だと考えられる（森田雅也「「年を重ねし狐狸の業ぞかし」考」『日本文藝研究』五四巻四号、二〇〇三年三月）。作中に城内の位置関係までが詳細に描かれることを考えると、この怪異譚は「一六〇〇年前半に実際に起きた事件として巷説では有名ではなかったか」（同前）とされる。高台《たかだい》である本丸付近での遊興はさぞかし心地がよかったであろう。

なお、『男色大鑑』のうち、巻一―四、巻三―四の二話は、既存の実説・実録を基にした写本を改刪《かいさん》したものであると指摘される（野間光辰『西鶴新新攷』岩波書店、一九八一年）ことから、本話も基となる写本があった可能性は十分にある。つまり、多少の脚色や改変があることは前提としても、小姓が殿を裏切ってでも己の愛を貫いたという純愛物語自体が実話なのかもしれない。この時に考慮すべきは、この書が発禁とされていないことである。現代の感覚で読むと、明石の殿は暴君のように見えかねないが、惣八郎の仇《あだ》を討った相手が隠密であることも考え併せると、当時の感覚としてはやはり禁忌を犯したのは小輪である。本話は殺される覚悟を持って愛を貫いた小輪の潔さを描いた物語といえるであろう。

［ゆかりの場所］

○明石城　天守は現存しないが、角櫓《すみやぐら》や起伏に富んだ結構が往事を偲ばせる（明石市明石公園）。

○月池山光明寺　朝顔寺と通称される。なお明石に妙福寺はなく、西鶴の誤認か（明石市鍛治屋町）。

⑧夏目漱石

白方　佳果

明治四十四年八月十三日、明石にて夏目漱石が講演を行った。

明石という所は、海水浴をやる土地とは知っていましたが、演説をやる所とは、昨夜到着するまでも知りませんでした。どうしてああいう所で講演会を開く積りか、ちょっとその意を得るに苦しんだくらいであります。ところが来て見ると非常に大きな建物があって、彼処《あそこ》で講演をやるのだと人から教えられて始めてもっともだと思いました。

（夏目漱石『道楽と職業』）

漱石が、「あれほどの建物を造ればその中で講演をする人をどこからか呼ばなければいわゆる宝の持腐《もちぐさ》れになるばかり」だろうと考えたのが、明石中崎遊園《なかざきゆうえん》公会堂、現在の明石市立中崎公会堂である。公会堂のこけら落としとなったこの講演会は、大阪朝日新聞社が主催した、関西・中国地方を回る巡回講演会の一環であった。当日は東京朝日新聞社の社員であった漱石のほか、大阪朝日新聞社の牧巻次《まきまきじ》郎《ろう》らが登壇している。

『道楽と職業』と題された講演で、漱石はまず、社会が進歩するに従い、職業の細分化・専門化が進んだ現状について確認する。このような社会で、われわれは自分の専門とする分野で活動する報酬として他から自己の不足を補ってもらい、「相互の平均を保ちつつ生活を持続」している。

職業の専門化には弊害も大きい。専門化が進み「社会的知識が狭く細く切り詰められ」た結果、現代人はもはや一人では生きていられない、不完全な存在となった。そして激化する生存競争のなかで他を見る余裕がなくなり、

「孤立支離《しり》の弊《へい》」に陥《おちい》っている。この弊を矯正するものが、「文学書」だ。文学は「赤裸々《せきらら》の人間を赤裸々に結び付けて、そうしてすべての他の墻壁《しょうへき》を打破する」ものであるから、「人間として相互に結び付くためには最も立派でまた最も弊の少ない機関」なのだという。

また漱石は、職業というものは「人のため」、すなわち「人の御機嫌」を取るのものであり、「どうしても他人本位である」と述べる。一方で「自己を本位」とした活動に、道楽がある。道楽と職業は本来、相容《あいい》れない。しかしながら、他人本位では成立しない「道楽的職業」がある。それが科学者、哲学者、芸術家といった職業であり、彼らの仕事が「自己本位でなければ到底成功しないことだけは明か」である。漱石自身もこの種類の人間であり、自分が文学を職業とするのは、「己《おのれ》を捨てて世間の御機嫌を取り得た結果」ではなく、「己のためにする結果すなわち自然なる芸術的心術の発現の結果が偶然人のため」になったからだろう、と述べる。

漱石の語り口はやわらかく、ユーモアがにじむ。ときには、聴衆の受けを意識したと思われる発言も飛び出す。

博士というと諸事《しょじ》万端《ばんたん》人間一切天地宇宙の事を皆知っているように思うかも知れないが全くその反対で、実は不具の不具の最も不具な発達を遂《と》げたものが博士になるのです。それだから私は博士を断りました。しかしあなた方は――手を叩いたって駄目です。

（夏目漱石『道楽と職業』）

漱石は当時、文部省による博士号の授与を辞退した、という話題で世間の注目を集めていた。自らそれに言及し「博士」を揶揄《やゆ》するこの発言は、かなり受けたようだ。

この講演を熱心に聞いていた若者がいる。漱石の門弟の一人、若き日の内田百閒《うちだひやっけん》である。大学の夏休みを利用し郷里の岡山に帰省していた百閒は、故郷からそう離れていない明石で漱石の講演があると知り、駆けつける。中学生時代から作品を通して漱石を崇拝し、慕っていた百閒は、東京の大学に入学し漱石に面会したものの、「どうも何となく怖くって、いくらか不気味で、昔から窃《ひそ》かに心に描いていた様な「先生」には、中中《なかなか》近づけそうもない」（内田百閒『明石の漱石先生』）と感じていた。しかしながら漱石が明石まで来ると聞くと、急に自分が「先生の内《う》輪《ちわ》」のような気になり、「我が先生」の前で明石の人々がどのような顔をするか見届けたくなったのだという。

「夏目漱石を先生として所有する誇り」を胸に秘め、夢中になって講演を聴いていた百閒であったが、先の「博士」をめぐる漱石の発言にはヒヤリとさせられたらしい。

> 何だか、先生が明石に来て、田舎なもんだから、調子を下げて話をして居られる様《よう》に思われたのです。それから例の博士問題の話が出た時にも、私は又《また》若い崇拝者らしい感情で、ひやりとしました。しかし、その時は、寧《むし》ろ聴衆の拍手が余り烈《はげ》しかったので、その為に俗な気持がしたのかも知れません。
>
> （内田百閒『明石の漱石先生』。引用は新潮文庫版『百鬼園随筆』より）

「我が先生」に向けられた若い百閒の素朴な敬愛が、なんとも微笑ましい。

　この日の講演から二十年経った現在、講演を終え明石を発つ漱石を見送った時の気持ちを思い出すと、漱石の思い出はもちろん、自分の昔が思い出されて懐かしくて堪らないと、百閒は言う。百閒にとって、敬愛する「我が先生」の思い出は、懐かしい青春の記憶と分かちがたい、かけがえのないものだったのだろう。

【ゆかりの場所】

○明石市立中崎公会堂　明石郡の町村が協力して建設された。国登録有形文化財（明石市相生町）。

あとがき

明石の大学で働くことが決まったとき、何かゆかりの文学を読んでみようと思いたちました。いざ勤めはじめると所属先の学部には地域研究センターが併設されていて、あれこれ仕事を任せてもらえる。どうせなら人の知らない作品を紹介したい。そう思っていろいろ調べた結果、明石八景の詩がおもしろそうだと気づき、注釈を書きはじめたのが四年ほど前のことです。

やがて地域の講演会などから声を掛けていただき、自分なりに考えたことを話してゆくなかで「一、明石八景を読む」の内容がまとまりました。勢いあまって文学と土地の結びつき、歌枕の本質といったところにまで口がすべったのはご愛敬。副題を「風景の詩学」とした所以《ゆえん》です。

すでに発表した注釈の原稿は「二、明石八景　本文と注釈」というかたちで本書に収録し、通読の便をはかりました。

「「跋赤石八景詩巻後」注釈稿」（『研究と資料』八〇、二〇一八年十二月）
「林鵞峰と明石八景――「赤石八景詩并序」注釈――」（『太平余興』四、二〇一九年四月）
「人見竹洞と明石八景詩――「赤石八景詩并序」注釈・続――」（『研究と資料』八二、二〇一九年十二月）
「林鳳岡と明石八景詩――「赤石八景詩并序」注釈・続々――」（『研究と資料』八三、二〇二〇年十二月）

ただし紙幅の都合上、内容には大幅に手を加えており、初出時の誤りを正したり、解釈をあらためた部分も少なくありません。

さらに補足として「三、明石文学散歩」では国文学に描かれた明石のすがたをコラム形式で紹介しています。稿を成すにあたり、さまざまな先行研究を参照しました。なかでも『扶桑名勝詩集』の編者が吉田四郎右衛門であること（九頁）、西山宗因が松平忠国のころから明石を訪れていたこと（一三頁）は、それぞれ鍛治宏介氏「近江八景詩歌の伝播と受容」（『史林』九六—一、二〇一三年三月）、尾崎千佳氏「『明石浦人丸社千句』について」（『連歌俳諧研究』一二一、二〇〇六年九月）の指摘を踏まえています。梅洞を先立てた父林鵞峰の嘆き（四二頁）については、ぜひ揖斐高氏『江戸幕府と儒学者——林羅山・鵞峰・鳳岡三代の闘い——』（中央公論新社、二〇一六年）をお読みください。なお、河村瑛子氏によれば、鵞峰の序と三竹の跋は東北大学附属図書館狩野文庫蔵『文藻雑記』（写本）にも収められているとのこと。また、江戸後期の漢詩人、竜草盧《りゅうそうろ》にも明石八景の詩があります（『草盧集』七編巻三）。

注釈（七七—一〇〇頁）にあたっては大阪公立大学中百舌鳥図書館蔵『扶桑名勝詩集』を底本としました（訓点は省略）。

漱石『道楽と職業』には差別的表現と取られかねない箇所がありますが、時代背景と作品の価値に鑑み原文通りに引用しています（一二六頁）。

本書の題字は濵田尚川先生に揮毫していただきました。表紙の写真は矢嶋巌氏。明石から夕暮れの淡路島をとらえた一枚です。

中村健史

執筆者（＊は編者）

大関《おおぜき》　綾《あや》　　大谷大学助教。専門は日本近世小説。論文に「『童謡妙々車』の長編構成について」（『国語国文』89－1、2020年1月）ほか。

鎌田智恵《かまたちえ》　　花園大学専任講師。専門は中古中世歌学。論文に「『顕注密勘』の顕昭注」（『国語国文』88－4、2019年4月）ほか。

川上萌実《かわかみめぐみ》　　日本学術振興会特別研究員PD。専門は上代文学。著書に『懐風藻の詩と文』（汲古書院、2023年）。

白方佳果《しらかたよしか》＊　　神戸学院大学講師。専門は日本近代文学、特に泉鏡花。著書に『泉鏡花作品研究』（臨川書店、2020年）ほか。

中村健史《なかむらたけし》＊　　神戸学院大学准教授。専門は鎌倉・南北朝時代の和歌、特に京極派。著書に『雪を聴く』（和泉書院、2021年）ほか。

中村優公《なかむらまさひろ》　　京都先端科学大学附属中学校高等学校教諭。専門は日本中世史。

中村真理《なかむらまり》　　関西大学非常勤講師。専門は近世俳諧。論文に「俳諧の猫」（『連歌俳諧研究』125、2013年9月）ほか。

三原尚子《みはらなおこ》＊　　京都精華大学専任講師。専門は近世俳諧。論文に「桜井松平家と古池跡」（『國文學』、2019年3月）ほか。

矢嶋《やじま》　巌《いわお》　　神戸学院大学教授。専門は人文地理学。著書に『生活用水・排水システムの空間的展開』（人文書院、2013年）ほか。

いずみブックレット9

明石八景
——風景の詩学——

二〇二三年三月三一日　初版第一刷発行

編　者　白方佳果
　　　　中村健史
　　　　三原尚子
発行者　廣橋研三
発行所　和泉書院
〒543-0037　大阪市天王寺区上之宮町七—六
電話　〇六—六七七一—一四六七
振替　〇〇九七〇—八—一五〇四三

印刷・製本　亜細亜印刷

ISBN978-4-7576-1066-8　C0395